魅幻人間
孫吳也——著

推薦序1

港都電台的副董孫吳，我都暱稱他是孫爸或孫歐巴，他有著如耶誕老公公的銀白色的長鬍，總是有求必應，變出七十二變魔法，有時候他的身份又轉化成現代李白，現代詩的豪情密意裡又藏頭赤子之情。

港都電台一手在他開疆闢土在南台灣雄霸天空的耳朵，他有著企業家的豪邁壯闊，寫起詩來情致動人，他的訪談節目生動精彩，他浪漫深層的初衷都盡在這本書裡，如得其情，珍惜且珍重。

孫歐巴！繼續寫吧！加油！

高雄市觀光局長　潘恒旭

推薦序2

這一兩年欣賞孫老師的作品，深深地感覺他是一位跨越古今中外的奇人……他以不同的角度，觀看人世間不同的情感，以第一人稱抒情，常遭誤會卻不以為意，文人傲氣十足。他外表豪氣干雲，其實內心柔情似水。表情嚴肅的他常常讓人不敢親近呢！然而聊天時發現他還滿幽默的！真真假假，假假真真的，是劇作家也是導演，更是演員！

成為《魅幻人間》這本書的推手，主要是因為在朗讀會的課程當中，很驚訝一位七十四歲的企業家，可以一週南來北往，甚至出國或在台中開會，卻可以在高鐵上或者餐桌上或任何空檔，於短短的兩個多月寫下十篇小說。寫作的內容跨越古今中外各個空間，想像力之豐富，文思泉湧是一般年輕人也無法媲及的。

作者孫老師不只是寫小說還大量作詩，從一個點可以擴散到無限的情感面，從淡淡的幽情到濃濃的深情，無論是從景或由人物或事件出發，都賦予人間最美的情意。

呈現出人間的七情六欲、百感交集。

因此，自告奮勇幫孫老師出書，委托白象文化編輯，在多方面的溝通之下，終於產生了《魅幻人間》。感謝孫吳也老師的創作和信任，感謝白象文化裡所有協助策劃的編輯。接下來期待令人驚豔的《孫吳也西班牙詩抄100首》，也是十天百首散文詩的創作，已經翻譯成西班牙文和英文，即將三種語文同時出版。我們會不定期舉辦朗讀分享會，敬請讀者一起來欣賞！

心創世界　江風荷

推薦序3

塵世間的愛恨情仇，都離不開親情、友情、愛情，不管結局是如何，總有人喜、有人悲；有人生命因此而翻轉，有人就此天人永隔。說是妳負我還是我負你？各人有各人的情緒交織，往往是剪不斷理還亂。

《魅幻人間》的每一篇章，述說的好像是我們每天翻閱報紙都會看到的社會新聞，看似歷歷在目，又有那麼點虛幻不真切。

人生嘛！真真假假、假假真真，太認真的人總是遍體鱗傷。抽離的人感覺事不關己，冷漠無情，但內心真正的感受，真的是如人飲水，冷暖、苦痛只有自己才知道啊！

孫老師的創作豐富多元，除了詩詞創作，這本短篇小說，也是你不容錯過的好書；每一篇章都會讓你欲罷不能，愛不釋手，徜徉在文字無限的想像空間裡，自在翱翔。

朗讀班學員　張恩瑱

推薦序4

雖然跟孫老師認識不過一、二年的時間，但是很佩服老師幾十年來持續筆耕不斷，即使遇到世間的風吹雨打，仍能堅持下去。很開心老師這次又要出新書，期待老師未來能再寫出更多作品，讓我們大飽心福，從中獲得人生智慧。

朗讀班學員　周思怡

自序

我的第一本小說《非人間》在八寶網路電台播出後，頗受青睞，不自不覺竟然發現缺稿了。

於是在各方催促下，興起寫續集之念，因有當時要接續撰寫非人間第二集失敗的經驗，於是另起爐灶，遂訂名為《魅幻人間》，準備以半年時間，構思十個中短篇的故事。

哪知一動筆，就無法停了，日以繼夜的寫，一篇完稿就在FB上分段PO文，經過兩個多月的努力，竟能完成十篇作品，全部完成之時，跑到三溫暖泡浴及按摩，慰勞自己一番。

人生得閒須自勵，寫作過程是快樂也是辛勞的。

宛如鍛鋼經千錘百鍊後始能成良品，箇中滋味，如人飲水、冷暖自知。

不過作品完成後，就是一種解脫，請朋友分享我的「箇中滋味」吧！

目錄

小周公的詛咒

為什麼我們大家都叫他小周公呢？

無他，他年紀雖不小，但在我們這群老跑西門町、串紅包場歌廳的同好來說，他的確是最年輕的。

由於他常在我們聚會的老咖啡廳集合時，邊喝咖啡邊等著下午二點鐘，準時到紅包場報到，儘管喝了二大杯黑咖啡，他老兄還是不斷打盹。加上個兒普通，雖然面龐算得上英俊，但身材偏瘦，於是大伙就順理成章的在他小周的稱呼後加上一個公字，以示「尊敬」。

但小周公卻是我們這群伙伴裡的受氣包，他個性溫良，近乎懦弱，歌喉不錯，只是說話一緊張就有些結巴，所以大家不免有些欺侮他，經常保持七個人的小團體，除陳董（曾經在連鎖早餐業叱吒風雲過的大佬，目前已半退休中。）及我之外，其餘多多少少會拿小周公作為揶揄的對象。

其實小周公的家世及學歷也不錯，母親已仙逝，父親是中高階的公務員退休，目前由小周公照顧，雖有些輕微的失智，身體還算健朗。

二個哥哥及一位大姐均在國外成家，生活條件不錯，所以兄姐每年都會滙一筆錢給他，算是照顧父親的補貼，加上他個人還是擁有美國知名大學環保碩士的學位，又是經濟部一個專員職等的公務員，雖屬閒差，但仍是鐵飯碗，故頗受一些失婚女性的垂青，當然也包括了紅包場的歌星，不過有過一次不堪回首的短暫婚姻，對再婚有了恐懼症，因此養成玩世不恭的心態。

這群小團體裡的成員，臥虎藏龍，過去都各擁有一片天地，除了小周公及一位執業律師外，只有我經營廣告公司還兼一些報章雜誌的撰稿工作，其餘伙伴均已退休，都屬閒雲野鶴，每天不是泡泡咖啡館，就是聽聽歌，除了有正經差事者外，總保持四到五位經常聚會，有時我們也會到川菜巷中的川菜館小酌一番，酒酣耳熱之時，天南地北、街聞巷談，彼此無不竭盡所能，掏出來吹嘘吹嘘，於是紅包場內歌星們的祕聞被大伙們大鳴大放，彷彿說嘴的人都身歷其境。

這時候小周公一定會被挑出來，一半宣揚，一半嘲諷，說他被那位歌星看上，視為跟班，當然他臉俊、歌唱了也不錯，這也是被貼標籤的原因，原屬彼此之間的玩笑之辭，小周公倒是從不否認，哈哈一笑就過去了。

但卻引起另一位比較挑剔、愛說嘴的陳大師的不滿，陳學過些卜卦算命之學，平時喜歡高談闊論，好指點別人，有些野狐禪的味道，特對紅包場的歌星說三道四，儼然自認是指點迷津、濟世救人的大師，基於朋友相處之道，大家對他的吹噓談話，也多所寬容，不去說破，但他對小周公卻情有獨鍾，諸多覇凌。

無他，小周公在紅包場受到的青睞，讓陳大師不是味道，一則陳頗為自負，認為只要是女性都會對他有好感、會喜歡他（其實他的外貌及現實條件是我們這群伙伴中排名最後段的），二則他也愛慕一位欣賞小周公的歌星，基於這些原因，益發引起陳大師的嫉妒之心，對小周公諸多語言及行為上的欺壓，我們的故事就是沿這條線索一直發展下去了。

在欣賞下午場二點到五點的紅包場的歌聲後，由於我們幾個是老客人，所以沒有飯局的歌星，都會主動邀我們一起晚餐，當然由我們作東，這種時候晚飯的費用不是公攤，就是由陳董與我輪流搶著付帳，小周公與其他幾位也會偶而付一付，只有陳大師是從來不付帳的，除非公攤。

其實這倒無所謂，陳董固然富裕些，我環境也不差，其餘都退休了，除了月退俸外，兼個閒差、或作作股票，也都過得去，只有所謂的陳大師，特別計較，吃飯或喝咖啡從不幫別人付帳，別人埋單時，藉故裝傻、裝不知道，久了大家就明白了他的個性，好在錢不多，在大多數時候是陳董及我付外，輪到其他人付帳的機會也就不多！所以就相安無事了。

不過陳大師最令人受不了的是他常信口開河，說那個歌星喜歡他，雖不致於說倒貼，但也把人說得很不堪，雖然惹得他說的那位歌星刻意與我們這群哥兒們保持距離，但只要那天陳大師有事缺席時，被他說到的歌星會主動送水果、點心之類的來討好大家，畢竟我們這群哥兒們合起來的紅包數還是頗有吸引力。

所以在這一點上大伙也就不太計較了。

但陳大師這次的作為就有點過分了，不但造成這個小團體的分裂，也導致我今天要談到的主題——「小周公的詛咒」發生的起因。

事情是這樣的……

小周公的第一任妻子翠玉是個十分難相處的女人，四十餘歲的老處女，看到他剛從國外留學回來，旋任職經濟部，擔任環保專員，家世不錯！是個可以獵取的對象，於是採取攻勢，主動出擊，懦弱善良的小周終於成了翠玉的掌中之物。

婚後翠玉不願照顧小周公中風的父親，藉故自己要經營個人工作室，與小周公分開居住，每週只准他週六到她住處住一晚，週日一早就得離開。因為翠玉有自己的生活圈子，且規定小周公要把全部薪水的一半交給她，就這樣勉強拖了二年，終於走上離婚之路，小周公雖然脫離苦海，恢復自由，但因此患上了婚姻恐懼症。

小周公從此就寄情於紅包場的聲色裡，也就參與了我們這個團隊！陳大師雖然比小周公早半年加入，但一副大哥對小弟的姿態，雖不至於霸凌，但對小周公是不太客氣的，無論言語上與行為上都是如此，幸虧身為組長的我，對小周公刻意維護，所以他也就委曲求全的待了下來，直到葉小琪的出現，才產生了風起雲湧的改變……

葉小琪出現在小周公的生命中是一個巧合，說起來跟我與另一位紅包場同好小張有關。

有一天小張約我與小周公在我們大伙常聚會的咖啡店聊天，碰巧鄰座來了兩位越南籍的女子，年約三、四十歲，從她們的口音及談話中，聽得出是華裔，嫁來台灣好一陣子，好像都已離婚了，小張聽到就迫不及待去攀談了，最後竟相約一起去吃飯，然後去聽歌，而且約定二天後，她們帶另一位姐妹淘一齊來，剛好三對三。

結果二天後，我臨時有一位高雄朋友來洽談一些廣告生意，我無法赴約，就讓陳大師代我出席，就這樣造成小周公、葉小琪及陳大師相互間一連串的情愛糾葛。

葉小琪是大陸籍的新娘，五年前嫁到台灣，先生是一位物運車司機，高中畢業，人算是忠厚老實型的，可惜老天爺不疼好人，一年前竟因車禍過世，領了一些撫恤金，又在大飯店謀得了一份客房打掃工作，由於在大陸老家還有一個女兒，但已經出嫁了，所以無論經濟與家世都較單純，加上姿色不錯，因此引起陳大師的垂涎，無奈落花有意，流水卻無情，只好作罷，但千不該萬不該，葉小琪居然看上了小周公，雖他受過婚姻創傷，但女追男隔層紗，妹有意時郎也不能無情，漸漸看出葉與周二人開始鳳求凰了。

原本一肚子不高興的陳大師終於找到了出氣筒。小周公便成了代罪羔羊，無時無刻脫離不了陳大師的霸凌。葉小琪也不堪陳大師的糾纏，乾脆宣布與小周公正式同居，遂造成周陳兩人正式的絕裂。

小周公與葉小琪夫妻般恩愛的同進同出，刺激了陳大師，加上這對「夫妻」也常參與我們的聚會，更是讓陳大師受不了，但除了言語對他們諷刺外，似乎也拿不出什麼辦法了。

陳大師也私下對我說：「小周公有什麼條件可以配得上葉小琪？」

我說第一他是單身，已經就先馳得點了，遑論他又是公務員，工作有保障，年紀較輕，學歷又是留美碩士，我勸他算了。

但陳大師彷彿聽不入耳，我也只有搖頭作罷了。

哪知一個較大陰謀卻在暗中進行……

就在小周公和葉小琪過著只羨鴛鴦不羨仙的日子時，葉小琪突然被逮捕，送到宜蘭靖廬收容所，等待遣送回福建福清，對小周公來說真是晴天霹靂的事，主要是葉小琪自老公死後沒有能及時申請到身分證，她的飯店工作也是打黑工（冒名頂替的），如果沒有人檢舉，也許還能拖一陣子，等小周公正式娶她，辦好手續就能定居了，怎奈這段等待期間卻被人報案了。

小周公急得像熱鍋上的螞蟻，卻束手無策，最後只有等待遣送回福清後，再去辦手續申請來台了。

雖然小周公懷疑小琪被告密的事件，與陳大師不無關係，大伙也把他列為可疑對象，但沒有證據，且陳大師在小琪事件發生後，表現的若無其事，大伙也就無法進一步苛責，但小周公卻深信不疑，雖然他生性懦弱，但對陳大師的語言霸凌開始反擊了，不再任憑羞辱了，但還是不敢太過分，小周公的忍耐，是為了申請小琪來台的事不要再節外生枝了。

但葉小琪與小周公也許只有短短數月的緣分，就在小琪來台的日子越來越近，忙於籌備嫁妝的時候，突然遭到交通事故，被一台剎車失靈的大貨車撞到身故了，同時罹難的有五人之多，也包括了小琪的女兒在內。

小周公聽到了這個消息，真是痛不欲生，痛哭了好些天，最後請半個月年假，赴福建福清去盡一些責任。

但天人永隔的哀慟在他回到台北後，還是無法釋懷，也更加深了對陳大師的恨。

大伙鑒於冤家宜解不宜結，由我與陳董共同宴請大伙到北投的吟松閣去吃飯、泡湯及唱那卡西，來化解他們兩人的「誤會」。

迫於大伙的壓力，及陳董與我的面子，終算握手言和了。

但不知道他們兩人是否真的盡釋前嫌，但表面上已經不再敵視了，陳大師暫時也不再挑釁了，原本就生性膽怯的小周公只得按捺下心中的怒火。

這種表面的平和局面維持了大約半年，直到有一天，我們大伙裡有一位現業律師小朱過生日，照例會慶祝一番，約在西門大廈的金獅樓慶生，除陳大師因有事要晚到，其餘都準時到齊了，當然也約了幾位歌廳的小姐，其中一位叫朱蜜的歌星要跑攤，把她的客人也約到金獅樓，方便照應。就因為這層關係，鋪陳了這個故事後面驚天動地的發展。

朱蜜的朋友林先生服務於警界，與小朱律師在公務上有過點頭之交，遂約一起共桌，席間大家交談甚歡，酒一喝多，難免會說三道四，不知不覺談到了西門町有些色情餐廳的非法居留女子，被臨檢扣留後送到靖廬的過程，小周公可能喝了一點酒，膽氣也壯了些，就隨口問道，這些被抓的女子是否都是被檢舉的？

林先生脫口而出：「大部分都是的，前一陣子有一位在台灣已有論及婚嫁男友的女子，也被人檢舉，最後被遣送回大陸，造成男女分隔兩地的悲劇。」

小周公聽到這裡，不覺臉色大變，遂刻意向林先生敬酒並套話，並互遞名片，相約以後一起聽歌。

經過小周公處心積慮的「交陪」，林先生畫龍點睛的暗示出葉小琪的確是她認識的朋友出面檢舉的，但細節他不能道明，這是公務員的業務機密，不能洩漏，但最後他說出了關鍵的部分，是位男性老者。

經過小周公反覆琢磨後，他斬釘截鐵的認定是姓陳的搞得鬼，氣憤極了！但苦恨無直接證據，不過對陳大師不再維持過去膽怯讓步的態度，開始反擊，甚至主動挑釁了。

奇怪的是陳大師不但沒有針鋒相對，反而曲意逢迎，這種轉變更加深了小周公的懷疑。

但沒有直接證實的狀況下，小周公無法報復。

小周公在明知事情如此發展的原委下，卻無法反應，確實相當苦悶及懊喪的。於是小周公開始不再出席我們一伙的集會，起初我們每一個人，包括陳大師在內都打電話去關心，但他的手機都關機了。

過了一陣子，還沒有見小周公回應，大家也就淡了。

差不多半年後，小周公突然出現在大伙聚會的咖啡室，跟大伙道別，說自己的美籍泰裔姐夫被美國總公司派到曼谷去成立分公司，缺乏得力的幫手，他姐姐得知弟弟在台灣遭到情傷，不如到異地去散散心，順便幫幫姐夫，於是小周公便準備帶著老父一齊到泰國去投靠姐姐。

說罷便請大伙一齊到天福樓聚餐，席中道不盡的離愁別緒，小周公喝得酩酊大醉，不斷說些酒後囈語，最後由我與小朱律師送他回家，臨別時跟每個人道別，特別對陳大師說，忘不了他的照顧，一定會回來看他的。

日子在平淡中過去了，我們這一群人也在紅包歌廳中逍遙地度過了二年，這二年沒有小周公的出現，大伙有些懷念，但很快就被新的事物取代了，大家嘻嘻哈哈追逐生命最後的亮點，因為人生的仗快結束了，無論好壞，唯有陳大師似乎沒有小周公的出現，顯得無趣，落落寡歡，但大伙並不去安慰他，葉小琪的事件雖無法佐證，但總是對他有些微詞。

說實在的，我個人滿喜歡小周公，歌唱得好不說，待人溫文儒雅，是相當受群組歡迎的，怎奈發生如此的不幸！令人同情，加上我對陳大師並不欣賞，更加深了我對小周公的好感。

說曹操、曹操到，卻在這個時候陳董與我都接到了小周公要回台灣的訊息，小周公以泰國世界民俗宗教聯合會的團長身分訪問台灣，並相約在台北要與我們這兩位兄長見見面。

在台灣相關團體安排的座談會後，小周公與陳董及我見面，發現二年多不見的小周公與以前判若兩人，氣度大方，不像從前畏畏縮縮的，真所謂士別三日，要刮目相看！

想來他必然在曼谷有相當的成就！

果不其然！他在曼谷開了十多家的佛教文物連鎖店，目前已展開向泰國各地拓展業務了，同時也加入民俗宗教社團，成為重要幹部，這次台灣之行就由他領隊，且貴為團長。

瞭解小周公在曼谷成功的狀況，我們覺得很欣慰，雖然不瞭解他如何在短短二年中能創造一片基業，也許他姐夫助了他一臂之力，總之是件高興之事。

但出乎意料之外的，他打算把曼谷的事業盤讓給別人，換一筆資金在台灣創業，特別在台北，我覺得這不可思議！不過陳董卻興致勃勃地說可以一齊合作，但我覺得事情有些詭異，只是不好意思說破，不知小周公葫蘆裡到底在賣什麼藥？

雖然我有所懷疑，但我對陳大師與小周公的態度有所偏頗，更因事不關己，且只是我的猜測而已，也就不去進一步的追究了。

很快小周公的連鎖事業在台北急速展開了，且成績很不錯，那些從前小琪的朋友們、也就是小周公公司初期聘任的幹部們，業務推行的不錯，都開始買起進口車代步，甚至還有一、兩位開起雙B車了。可見小周公大器晚成，除了陳大師外，大伙都替小周公高興，因此，陳大師更對小周公的成就說三道四，諸多挑剔。

陳大師更神神祕祕的說，小周公團隊的組員有好幾位，是他算命研究班的弟子，他更保證小周公的傳銷團隊會惹出大風波，言下之意他是可以操控一切的發展，所有的事都在他的掌握中，哪知道言猶在耳，發生的風波竟然應在他自己的身上。

就在大伙搞不清楚誰是誰非的當兒，突然一本週刊登出陳大師被自己的算命研究班的女學員控告性侵，並已按鈴提告，文中詳述二名女學員被要求關室傳授命理精髓，由陳大師親自操刀，但卻乘機性侵二位女學員。

當天我們的例常聚會，陳大師缺席了，打電話給他，沒有回應，可能關機了。

當事件如此發展時，我突然心中萌生一個念頭——小周公開始行動了。我忍不住打個電話給他，探探他的口風，但他的手機忙線中，聯絡不到。

一直到半夜零時，小周公回電了，他不待我問陳大師的事，只幽幽地說了一句話：「陳他咎由自取，這只是一個開端，嚴重的還在後頭，他讓好幾個人因他而失掉性命與幸福！這是我對他的咒詛，他一定要付出代價。」

聽到小周公滿懷仇恨的談話，我感到事態嚴重了，雖然我鄙視陳大師的行為，但基於冤家宜解不宜結，我認為給陳大師一些教訓也就可以了，不用趕盡殺絕。

於是我決心跟小周公促膝長談，希望能化解他與陳大師之間的心結。

小周公瞭解我來意之後，神情哀淒的對我說出他心中的感受。

大哥！你是知道的，我原本生性懦弱、低調，不喜歡與人爭，大伙中只有你和陳董對我最好，對我特別照顧，其他人也平等待我，唯有姓陳的對我時常欺侮，可以說對我霸凌為樂，為了不破壞大家的和諧，我就裝傻以對，直到認識葉小琪，我們真誠相愛，都認為尋找到自己彼此的伴侶，但姓陳的恣意搗蛋，並不時騷擾小琪，常要脅跟他相好，小琪不堪其擾，向我訴苦，迫不得以，只好表明立場，她已名花有主，哪知反而激怒姓陳的，向移民署告密，你也許懷疑我為何如此肯定是姓陳的，諸多類似的巧合雖不能完全佐證，但小琪在福清車禍過世後，當年我們一起認識的兩位越南華僑，熬不過內心的掙扎，向我說出姓陳的酒醉後吐露出小琪事件的始末，但我苦無確實的證據，只能自苦，最後我向在泰國的大姐說出我的痛苦，於是我決定離開台灣到泰國去。

到了曼谷後，大姐抱著我大哭，對我的遭遇非常心疼，她大我十五歲，姐夫他們沒有子女，遂把我這個小弟當晚輩一般照顧，在曼谷的生活安排的妥妥貼貼。

由於大姐也有作生意的天分，跟姐夫從美國回到泰國後，短短五年中，她發展佛教禮品的連鎖生意，十分成功，也就是我現在負責的公司，剛到曼谷時大姐派了她的助理娜娜，陪伴我去泰國各地名勝古蹟去遊覽一番，給了我一個月的假，希望好好散散心，然後接掌她的事業，由娜娜來襄助我。

娜娜也是泰籍華人，祖先來自雲南，她說她是擺夷人，難怪皮膚白皙、秀髮飄逸，年輕時說得上是一位美女，雖然現在有些年紀，但氣質風韻仍舊十分迷人，加上頗健談，對泰國的一些奇聞逸事，鄉野傳說非常熟悉，一路上聽到了很多意想不到的見聞，再加上她導覽的地方不是觀光景點卻更引人入勝，所以原本糾結的心情漸漸放鬆了，對她的答問也開始積極回應了。

有一天我們到泰南一個不知名的小鎮，是接壤穆斯林居民區的邊境，有些馬來亞的色彩，娜娜介紹說這片地區盛行降頭的傳說，有些禁忌要特別避開，於是我們談話的主題開始繞著降頭、下蠱及符咒等巫術打轉，我越聽越有趣，她也越講越坦率，她甚至暗示自己也涉獵過蠱術的研究，更透露了她的父親今年八十多歲，是這個領域的佼佼者，他把蠱與降頭參合研究，道行更上一層樓，在這個業界是受推崇的領導人物，我隨口說希望能拜訪他，瞻仰瞻仰，娜娜爽快地答應了，回曼谷後一定說服她父親接見我。

這一個承諾也開啟了我人生的另外一波歷練，但不知是幸還是不幸。

回到曼谷後，在娜娜的協助下，逐漸熟悉了佛教禮品生意的門徑，過了半年，泰語也可作社交溝通了，於是開始加入一些社團，靠著大姐的安排漸漸打入高層的商業圈子，在泰國的一年生活是我過去幾十年沒有經歷過的忙碌，但相當值得。

有一天娜娜告訴我，她可以安排我與她父親見面，我突然有些遲疑，沒有立即答應，娜娜見我有些猶豫，也就不再接口了。

到了一年一度的潑水節，我讓員工當天休假一天，去共襄盛舉。

這時我突然心血來潮地問娜娜，可否去拜訪她的父親，經聯絡後，娜娜的父親竟爽快的答應了。

那是一幢綜合了東南亞各國地方特色的建築物！座落在一個水潭的中央，有檜木搭建的木橋連結，四周景色幽雅，潭水清澈映著周邊的林木蔥鬱，是一處很適宜隱士居住的好所在。

娜娜的父親也是擺夷族的長老，雖然已屆八十高齡，但白髮童顏，望之不過五十開外，一臉慈容，但注視人的時候，卻懾人心魄，令人有股膽寒的戰慄。

幸好他口才便給，談笑風生，但他濃濃的雲南土腔加上擺夷口音，聽起來十分吃力，幸虧娜娜幫忙傳譯，瞭解了大部分的意思。

周老爹——娜娜的父親漢姓周，叫周啟新，六、七歲時隨李彌將軍跟著他的父親，也就是娜娜的祖父撤到泰北，從此落地生根，娜娜的祖父是擺夷祭司，所以是家學淵源，加以周老爹更有這方面的異稟，所以在巫術方面就發揚光大了。

周老爹對我說，我們是同宗，無論如何，一定會幫助我的。

周老爹告訴我說：「所謂的降頭及蠱毒源自古印度，分二路流傳。一路在大陸雲貴、四川，配合當地的環境，發展成蠱術；一路傳到泰馬等地，成為令人驚悚的降頭，故此等巫術分三大類：靈降、蠱降、混合降，由於此術籠罩在一片神祕色彩中，加以繪聲繪影，遂造成很多附會的傳說，譬如愛情降、合和術等等，但那已是旁枝末節了。」

他接著說：「小周、我知道你受到旁人侵侮，心神俱疲，亟思替心愛的人報仇，但心地善良，不適合學習巫術，不過頗有靈性，又是習此術的好傳人。」

周老爹叫娜娜帶我到潭邊去看那一排椰子樹，去觀察長有椰果的那一棵，將看到的狀況告訴他，決定我是否有進入巫門的機會！

娜娜叫我尋找長有椰果的椰子樹，一排中只有一棵，很容易看到，但我看到的是幾粒椰果掛在上頭，沒有什麼特別！

我告訴了娜娜，她不死心，叫我再仔細看一看，突然我發現倒映在潭水中的椰果竟然有三粒是血淋淋的人頭，我大叫一聲昏了過去。

等我醒來，已經是午夜時分，看到周老爹正在誦經，娜娜守在我旁邊，看我甦醒了，就扶到戶外的走道，悄悄告訴我，他祖父可以傳我靈降，不能收我為弟子，因為我的心性不適合，娜娜也是因為這樣，所以到俗世去混生活了！不能傳他的衣缽。

她告訴我只能看潭水中的人頭，看不到椰子樹上的人頭，是她祖父不能收我為傳人的原因，主要我是隱性學習者，不能以此為業，但我能看到三粒人頭是屬於有這方面天分的人，她祖父這輩子只遇到過一位看過五個人頭的人，但卻是一位方外之士，至於看到四粒人頭的人，也是鳳毛麟角，現在已是這個術界的卓越人才了。

所以周老爹對我是憐才又惜才，故採折中之策，只傳靈降一門，且必須自用，不能為他人作法或傳授他人。

所謂靈降就是屬於精神式的降頭，可以藉個人的意志去驅使別人做一些傷害自己的事，當然也可以做一些使自己快樂的事，靈降有時要藉符咒的配合去達到自己的目的。

就這樣我每逢假日就與娜娜一同到她祖父的修練場進修，經過一年的靈修，我終於能出關了，不准叫師父的師父只告訴我一句話作修行成功的贈言：「得饒人處且饒人」。

為感謝周老爹與娜娜的幫助，我特別下厨煮了一桌我拿手的台式料理宴請他們。那天我們賓主盡歡，我喝得酩酊大醉，由娜娜開車送我回家，那晚我卻睡在娜娜的家，自從小琪過世後，我不再碰別的女人，娜娜讓我重溫了戀愛的甜蜜。

從那夜之後，娜娜對我更照顧了，不但一手料理了我的生活起居，更積極讓我加入大姐安排的商業社團，讓我在曼谷的社交界短短時間內就蜚聲鵲起。

也就這樣我這次才能榮歸故里了。

聽完了小周公的告白，我有些傷感，他這幾年的遭遇，我也有些責任，作為社團大哥的我沒有盡到保護他的責任，也沒有主持正義，去譴責傷害別人的人。

回到居處，原本想置身事外，但想到朋友相聚，都是緣分，我想還是打一個電話給小周公吧，告訴他不要再報復了，放下吧！

寬恕敵人就是救贖自己！

電話通了，不待我說，小周公就在電話那端說：「得饒人處且饒人，我對陳大師的事沒有作任何的動作。我已經寬恕整件事了，包括所有的人、事、物。」

愛河魅影

總喜歡在向晚的時刻向柴山的方向眺望，落日仍懸在海平面上方，把雲彩渲染得似一塊塊錦繡的方巾，這時我會放下電腦，休憩一下疲憊的眼睛及用得過度的腦筋，喝一杯曼巴！

傍晚的陽光把海面的浪紋也照得像圖畫一般，靜靜飄浮在海上的小船是唯一晃動的景，有些神馳了，每天就靠著窗櫺上這一方景色，伴我度過沒有景緣存在的時空，但這種幻夢只能當作海市蜃樓，雖然我工作的地方，掛滿了她的照片，但她畢竟不存在了。

當天色漸暗時，知道是晚飯時刻，不管此刻是什麼時候，我一定會放下手邊的工作，驅車向愛河邊的那家小吃店，不怎樣裝潢，但還算整潔的擺飾，菜色及滋味是真的不錯，不過不是吸引我主要的驅使動機。

那麼那位酷似景綠的老板娘應該是讓我心動的主因了。

有一種忍不住要擁抱她的衝動，就像從前與景綠熱戀時的情境，等到看到老板娘詫異又警戒的眼光時，我驀然回神過來，景綠已不存在這個世上了，我急忙衝出小吃店，知道自己的失態，卻不知如何化解這份尷尬！

好不容易培養出這一方可以自我陶醉的桃花源，卻被我魯莽的破滅了，真的好懊惱啊，現在只能坐在愛河邊望著月光下的水波蕩漾發怔。

連續幾個晚上，我都只能坐在岸邊的長椅上，望著愛河想念著景綠，認識她三年，一個朗爽活潑的美麗女子，從小生長在國外，有點洋味，時尚好動，酷愛騎重機，也許與她的職業有關，一個通訊社駐台灣的特派員。

由於一次廣播採訪對南台灣庶民生活的影響，在訪問中被她伶俐的口才驚豔了，當然她陽光般的美貌自不在話下，就這樣開始了約會。

她從小就被一對膝下無子女的美國夫婦從台灣收養，養父母都從事新聞工作，養母更是一位戰地女記者，所以景綠自密蘇里新聞學院畢業後，就去報考通訊社，希望能像養母一樣作個戰地記者，結果她果然如願，曾到伊拉克戰地隨軍採訪過，二年後回美國休息半年，再度被派駐台灣，一則她語言、外貌適合；二則也想是否能看看她的原生家庭！

就這樣來到了台灣，從養父母的口中約略得知，她的親生父母應該住在左營附近，所以她常到高雄來採訪，希望能達成尋根的願望。

跟景綠相戀的日子，是我這一生難忘的回憶，她有西方女子的開朗、彼此尊重的教養，又有東方女人的婉約、體貼溫柔的個性。

更由於她工作的關係，聚少離多，每次見面都有小別勝新婚的快樂。

這種愜意溫馨的日子，一直到她一年前被派往黎巴嫩，去作當地多元宗教居民如何相處的特別報導時，才不得不結束，也是我們最後的相處，半年後她在貝魯特神祕失踪。

這半年的時光，我開始痛不欲生，茶飯不思，繼而感到人生了無生趣，意志消沉，直到一個月前，朋友小劉約我吃飯，然後告訴我，要給我一個驚喜！

到吃飯的現場，小劉指著櫃台的一位小姐說：「景綠回來高雄開飯店了。」乍然聞言有些吃驚及惱怒，想說開什麼玩笑！

但定眼一看，果然十分相像，但裝扮及氣韻卻不相同。

細細觀察後，真的很像，只是有些說不出的感覺，她絕不是我的景緣，雖然也讓我覺得似曾相識，特別眉宇間及神情方面，彷彿一個模子印出來的，但缺少可以互動的親切感！

有些許遺憾，但要感激小劉的熱心，至少我可以聊慰相思了！

就這樣，我每週至少有兩到三天會去她的小店裡吃個晚餐，躲在角落默默看著她的一舉一動，我掩飾的很好，她似乎沒有發現我，直到景緣生日的那天，內心想到每逢此時，一定會到風景區去度一個歡樂春宵，想著想著情不自禁趨向櫃台邊走去……

懊惱歸懊惱，在愛河徘徊兩、三夜，終於決定隔天戴著帽子及口罩去點一份外帶，看看她也可稍解我對景緣的思念！但我不敢每天去，怕被識破，只好隔幾天去一趟，看到她移動的身影，就有一種莫名的憾動。

其餘的夜我就坐在愛河畔冥想與景緣共好的日子。

雖然在景緣失蹤半年裡，我不斷透過她的養父母及她服務的通訊社，和我私人的關係，努力去尋找景緣失蹤的原由。

但音訊全無，於是我心裡的悲傷是油然增多，也就是造成我為了思念她，在小吃店失態的主要因素！

就在音訊全無的等待中，突然接到來自貝魯特的一通簡訊，一位自稱與安妮（景綠的英文名字）一起在戰地採訪過的男記者約翰告訴我說，他從神祕的管道，得到一個有關安妮下落的消息，但需要一些酬勞，同時也傳來一些景綠與大伙合影的照片，以示誠信，不能說不疑有他，但總算是一線希望，於是前前後後二個月中滙了三次歐元，共計五千元，但最後一次滙完錢後，又等了一個多月，就斷線失去聯絡了，雖然不死心，但那是在無奈中的唯一希望……只有等待奇蹟了。

果然另類的奇蹟在愛河邊出現了。

失望及被騙交疊的感覺讓我陷入情緒的低潮，唯一的安慰就是躲在角落，默默地偷窺著小吃店的老板娘，得嘗一下視覺上的滿足，除此就是看著景綠跟我的合照發怔。

就在我死去快活不過來的喘息中，看到了一線詭異的景象。

又是一個類似景綠的女子出現在薄霧的迷矇中，可以肯定不是那位小吃店的女老板（後來得知她未婚），因為我剛剛買了簡餐外帶。

我敏銳的心靈感覺，讓我想起了一部看過的黑白片老電影《珍妮的畫像》，由珍妮佛瓊絲在二十五歲時主演的淒迷奇幻的片子。

難道類似的情節又出現了嗎？

在狐疑中，我走向河邊，果然有位女子站在欄杆旁，凝望著月光下粼粼的水波，簡直美極了，也像極了景綠，我情不自禁的喊：「景綠！」

「你是誰？叫錯了名字了。」

一個幽靜靜的聲音很柔很美，讓人陶醉，但也把我拉回了現實！我似乎又魯莽了，正想道歉時。

她又開口說：「我叫小翠！你也來河邊玩！」

一副純真的口吻出自將近三十歲樣貌，有些許詫異。

但她真的像極了景綠！

看我沒有回應，她接著說：「小翠是景色青翠的翠，我姐姐叫小青，她很嚴厲！」

我陷入奇怪的思潮中，面前的女子雖然像極了景綠，但絕不是她，真盼望是她！

我又不自覺的喊著：「景綠。」

她帶著些微的惱怒：「告訴你，我叫小翠、也叫景翠，不跟你玩了，好啦！你看起來不像壞人，我跟你玩！媽媽是不許我跟壞人玩的！」

又美又像景綠，但智商好像有些問題？一個人出來，真令人擔心。

於是我對她說：「妳一個人出來，媽媽會擔心的！」

「不會的！我住在那條巷子，很快就要回家了，你也常來玩嗎？」

我心裡突然悲傷起來，這麼一位美麗女子，卻是如此……

對了她叫小翠，也叫景翠，難得……，她說姐姐叫小青，不知是否是雙胞胎？那跟景綠又有什麼樣的關係呢？

道別相約再見後，又目送小翠回家，我的思潮不像愛河的水那般平靜了，而如外海的波濤洶湧了。

景綠、景青、景翠，不知她們是怎樣錯綜複雜的關係？

景翠與景青是否是雙胞姐妹不清楚！同時因地緣關係與小吃店的女老板又有什麼牽連？最重要的，她們與景綠是否風馬牛不相及呢？

我的思潮一片混亂！

但這些不重要！我要得到景綠的真相，我好想她，甚至願意用自己的生命去交換！

日子在我依舊去小吃店偷窺及愛河邊與小翠相見中度過了！

藉這番作為來平和我對景綠思念的痛苦！

雖然痛苦，但仍有一線希望。

最怕連希望都破滅了。

真的景綠養父母帶給我希望破滅的訊息！

她的養父母打了電報給我，通訊社告知他們，安妮確定遇害了，勸我節哀，並說他們將來會與安妮天國相逢會面的！

這痛不欲生的訊息讓我崩潰了！

向公司請了假，將自己關在屋裡，不吃不喝幾天，與外界全然隔離！

我也想與景綠在天國相見。

在昏睡的夢中驚醒過來，我夢到景綠對我道別，她看起來很安詳，說懷念我，並說我會有奇遇，勸我不要難過，不久會遇到另一個世上的她。

雖然猜不透景綠夢中的預言，但我相信必有深意！

於是我強打起精神，坐車到愛河旁的小吃店，也許憔悴的面容讓女老板真的認不出我，我也主動對她示意，吃過晚餐、喝杯飲料，然後到愛河邊去等小翠。

「小青，妳早點去休息！半夜還要去照顧小翠！」

驀然廚房裡走出一位老夫人對女老板催促著，我端詳一下，看起來像母女，想必是所謂小青的母親，也可能是小翠的母親。

由於老太太一個人坐在櫃台。我藉故攀談說：「老太太，妳真好命，女兒漂亮又能幹！」

老夫人嘆了一口氣：「是啊！她很能幹！但又要照顧老的，又要照顧妹妹，很幸苦，這家店靠她撐著！」

我很快接口說：「雙胞胎妹妹怎麼了？」

「你也認識小翠？她小時腦筋受損，時好時壞，這兩天好多了。」

得知老夫人健談，我趁機誇她的料理作得好！我們越談越投機，我也答應會每天去光顧。

在與老夫人越來越熟的時刻，卻發現女老板小青越來越少露面，老夫人說小青半夜要照顧妹妹，比較辛苦，就讓她多休息，我由於上次唐突事件的影響，不太敢跟小青攀談，倒是跟她的妹妹小翠越來越熟稔了，只是她不太像她母親說的身體不好，她總是隔一兩天會與我約會，每次我會帶給她一些小禮物，小翠就會如獲至寶般的抱著我：「有大哥真好，有人疼！」

我有時也會試探性的問她：「妳有兩個姐姐！」

她馬上搶白說：「你很笨！小翠只有一個好姐姐！」

可見景綠似乎跟她連接不起來！

不過老夫人一直強調小青的妹妹身體不好，難道僅是說腦筋，不是說身體嗎？

我有些困擾！小翠彷彿很快樂，還是她的身體有隱疾？

我不禁擔心起來，可憐的小翠！

那天我又請了二天假，去紀念跟景綠認識四週年的日子。

我拿了一些與景綠合照的相片，到愛河河畔，那是跟她第一次約會的地點，想去懷念什麼？

然後信步走到小吃店，只看到老夫人一個人顧前顧後的在忙。我點了些飲料，沒有胃口吃東西，一個人靜靜坐在角落的位子，啜飲著芒果汁，差不多午後三點半，客人都散開去，只剩下我一個人，這時老夫人走過來，在我桌前坐了下來：「小兄弟，怎麼不吃點東西！有心事？」

看到她關心的慈祥眼光，我突然悲從中來，放聲哭了，她連忙握著我的手：「怎麼了？男人有淚不輕彈！」

我把相片簿遞給她：「我女友走了！」

老夫人一邊翻相簿一邊表情快速轉變：「你是說小青！不對！那是景……景綠！她怎麼了！她現在在哪裡？你跟她是情侶！她遇到了什麼事？」

在老夫人與我相互哭泣中瞭解了彼此缺角的往事。

原來老夫人是將門之後！但父母雙亡，從小在國軍孤兒院裡生活，及長愛上一個駐紮在岡山的空軍上尉，順利戀愛、結婚、懷孕。

就在臨盆前二天，丈夫例行出任務，只是沒有歸來，惡耗傳來，家人不敢讓生產中的妻子知道，直到順利生下三胞胎！

往後的事情就像例行的悲劇一樣，但老夫人像身為將軍的父親一樣，堅毅地擔起活下去的重擔，唯一的遺憾是小妹景翠在一歲時生了一場腦病，智力發展有些遲頓，同時心臟也受到影響，家中經濟頓時有些困難，不得以把老大景綠送給了一對無法生育的美國夫妻領養。

我也把景綠成長及與我相識的過程，和遇害的經過告訴了老夫人。

二人抱頭痛哭，不勝唏噓！

只是不知怎樣的！我並沒有把景翠在愛河旁與我見面的事說出來。

小翠在上一次道別時，跟我打勾勾，說我們兩個人在未來幾天要天天見面。因她就要遠行了，有一陣子會看不到她，看她依依不捨的樣子，我有點感動，決定送給她一個鑽石鍊子，那本來是我買下要送給景綠的，現在轉贈給小翠，景綠應該會同意的。

離開老夫人的小吃店，我回家拿了鍊子就趕到愛河邊。

像初見小翠那晚的景色，煙霧迷離中一身翠綠的套裝，真是個美人胚子，若不是腦病，該是多麼完美！

小翠看我給她的項鍊，載上去後，高興的手舞足蹈跳了起來。

她快樂的樣子，令人羡慕，我卻在強顏歡笑下，內心有多重的悲痛，景綠過世了，小翠到底是怎麼了，像眼前這樣，我是真的高興，但老夫人的話又讓我陷入重重憂心中，真希望她們之間沒有關連，但……

第二天我下定決心，砂鍋打破問到底，卻看到小吃店沒有營業，開始擔心起來了！

還好遠遠看到小翠站在愛河旁，算是放下心了！她為了那條項鍊特別配了一套衣服，煞是好看，我稱讚她像仙女下凡，小翠十分高興的牽著我的手：「大哥！昨天晚上夢裡有一位跟我長得一樣的仙女姐姐也送我一條項鍊，醒來發現原來是大哥送的。」

我有點傷感，景綠出現在小翠的夢中，到底象徵什麼預兆？

連續幾天沒有看到小吃店開張，今天的門上卻貼了告示寫上：「因家中有事，讓各位顧客向隅！特致歉意，明天照常開張，全店八折。」

我看完告示！感到如釋重負！不知怎樣了，老夫人的小吃店跟我息息相關，無法分隔了。

今夜是小翠與我約的最後一晚，我特別提早到，看到小翠因離別在即的悲淒神情，我有點悃然了，我們倆相對無言，因我不敢多問，相信她也無從解釋！我們偎依著直到明月中天，才在不捨中分手了，不知怎樣，那麼多疑團在心中，卻不想問，就讓時光在美好的無言中消失吧！

第二天我中午就趕到小吃店，重新開張，顧客不少，大概是打折奏效，比過去的生意好，我一直等到下午二點以後，才有機會仔細看看老夫人及女老板，她們臉上憔悴略有哀淒，但彷彿有股解脫的感覺！

我趨向前向老夫人打招呼！

不待我問，老夫人急忙就搶先說：「弟弟，對不起！因沒有你的聯絡電話，所以無法通知你，店前幾天休息，因為小青的妹妹安息了！小青也可以為自己好好打算了。」

我忙說：「伯母節哀！保重！是什麼時候的事？」

小青搶著回答：「那天你到店裡告訴媽媽，我那無緣姐姐的故事時，我正在家裡搶救窒息的小翠，只是她的腦病從小拖到現在，已經算是奇蹟了！」

老夫人也忙著說：「也好！她早點解脫也好！第三天早上她離開時，臉上十分安詳！像個天使！」

我聽到這裡！一臉驚訝！送項鍊給小翠的那個晚上及連續三夜的時空裡，究竟是一個怎樣的遭遇？我突然感到前所沒有的精神崩裂。

我對老夫人及小青說出我與小翠相遇的經過。

特別小翠彌留及過世後幾天奇詭的變化，更令大家難以解釋。

突然小青像發現什麼的叫了起來：「媽咪！妳是否看到小翠過世那天頸子上的項鍊，我還以為是妳替她掛上的。」

「不是！我以為妳們姐妹情深，是妳送給她的！」

小青馬上拉著我的手趕到殯儀館，請求打開冷凍櫃，發現小翠頸上掛著的正是我送的鑽石鍊子。

我突然眼淚奪眶而出，不能自已，她們三姐妹竟然與我的命運如此密不可分，我看著窗外的藍天，感慨萬千！

突然一隻手握著我的手說：「大哥，讓往日的悲歡歲月過去吧！大姐與小妹在天上都會保佑你的！況且紅塵裡還有我，對了！你一定還沒有吃飯，回到店裡我煮碗麵給你吃。」

小青的手突然像有電流似的傳到我的心口……

郵輪魘遇

在船笛聲中，海鳥歡送般的繞行下，這條異國的郵輪緩緩駛出了基隆內港，中正公園上觀世音潔白的塑像似送行人，慈悲地目送一船歡樂度假人們的遠行，但我卻不屬於大家的一群，懷著莫可名狀的心情，暫時告別這令我情傷的雨港，別了！南榮運河，別了！廟口夜市，別了！麗卿。

當基隆嶼被郵輪拋到我的視線以外後，將正式告別在雨港多年的生涯，不管求學還是放蕩，總之有如一場春夢。

終於夢醒了，不知在異地是否可以再度築夢。

海洋大學的學生大部分都要住校，我也不例外，出生航海世家的我，由於身為油輪船長的父親打算退休後，過過田園生活，所以在苗栗買了一片山坡地，於是全家搬到苗栗，由母親與大哥負責規劃，我跟小妹就寄居在親阿姨家，阿姨未婚，也許是眼界太高，也許是事業性太重，現在是一家著名外國輪船公司基隆分公司的總經理。

阿姨對我與小妹十分疼愛！假日有空常會開車帶我們到野柳、八斗子等地去吃海鮮，有時她興致一起甚至會帶我們到澳底去吃龍蝦，總之少年時代的生活是滿愉快的。

但小妹跟我卻喜歡到廟口吃甜不辣、三明治等小吃，這個習慣一直到我考上大學還是延續著，一下課我會跟一些外地來的同學逛逛廟口，由於我家境還不錯，吃喝的費用大都是我請客，所以我儼然成為他們的大哥，常去遊蕩的關係，對廟口飲食攤位十分熟悉，但有時也會穿街過巷的去發掘新的美食攤位。

麗卿就是在那種時空裡認識的。

上大二的第一學期，某一個週末，原訂父親的油輪會停到亞丁港補給，約有二週的休假可以回到台灣，我也請了三天的假，連同週六、日，共有五天可以跟父親聚聚！我們父子一年難得有時日見面的。

怎奈非洲某二國忽然發生軍事衝突，該地區的油田遭到破壞，頓時世界原油需求吃緊，油輪公司要緊急應付運輸的需求，父親的船奉命停止休假，於是父子會於焉暫緩了。

原已請准的假，我沒有去銷掉，於是有幾位死黨也學著去請假，還好不同的系別，課也不一樣，不致於一票人在同一堂課缺席，就很難看了，譬如我主修航海，其他有食品加工、輪機、航管等不同的專業，只有小唐跟我同系，我一行七個人騎機車到蘇澳、三星，最後到南澳，然後打道回府，週二的晚上回到基隆，食品加工的張子福到八斗子表哥家擋了一些剛打上來的海鮮，到我們常去的那家巷子口的海后海產店好好慰勞自己。

到海后發現店裡客滿，好在是老主顧，老板答應幫我們喬位子，請我們先在附近逛逛，魚貨先幫我們處理。

輪機陳林突然神祕兮兮跑來跟大家說：「巷子那頭一家彩券行來了一個馬子，很正點！好像是基隆女中的。」

大伙兄弟聞訊，緊忙向巷子另一端跑去！只見仍然是那位坐輪椅的老婦人在櫃台，於是大伙把粗話都朝陳林拋過去，他急忙發誓真到看到，絕不誆人。

「麗卿！快點出來，有客人來買券了。」

果然陳林沒有騙人！一團豔影從內門聞聲出來，大伙有些發怔，只是換了家居裝，不是女中的制服，但仍然是懾人魂魄的美！突然陳林朝大家怒吼：「你們不是不相信嗎！快走，不要像蒼蠅一般！亂糟糟的，讓我一個人欣賞美女。」

「才不！」大伙異口同聲的說：「我們也要買彩券。」

老婦人急忙說：「大家慢慢來！年輕人來捧場！每人都有贈品！」

只是贈品有些令人失望！一枝原子筆而已，我們每人都買了，陳林更買了二張！也只得到一個打火機。

陳林嘟嚷著：「至少該給我一張她的照片！」

「是她媽媽的照片吧！」大伙調侃著說。

雖然我也沒有得到那位美麗女子的照片，但我卻有幸與她一起照相。

事情是這樣的……

小妹雖同我一樣請了假，但最後去銷了假，她覺得吃虧了，於是她要求姨媽答應這個週六下午，要舉辦個同學派對！

我說：「妳們高二小女生開什麼派對？也沒有男伴！」

「沒有關係的！班上有幾位可以扮成男生的。」

「要不要我帶幾個同學支援。」

「才不要啦！你幾個同學長得不怎樣，除了唐慕華還有陳林外，都不夠格，當然二哥是沒有話講的。」

我突然明白，小ㄚ頭喜歡小唐，陳林是煙幕彈，於是我一口答應，幫忙約了小唐、陳林一齊共襄盛舉。

沒有想到麗卿是小妹的同班同學，那個週末的派對上，結了難忘的緣。

其實小妹張筠算得上是一位美女，開朗、活潑，一派大家閨秀，但麗卿卻是溫婉、秀麗，看起來楚楚可憐，與小妹相較，以審美觀來說，是各有千秋！

只是麗卿彷彿眉間鎖著哀愁，讓人不由得多幾分偏愛，也因此與小妹結為莫逆。

歡樂氣氛中，小妹偷偷的暗示我，不讓麗卿被小唐與陳林包圍著，你去邀麗卿跳支舞。

我聽懂了小妹的話中之話，她是怕小唐被麗卿吸引了。

於是兄妹情深的我，向小唐耳語一番，他露出喜不勝收的表情，向小妹邀舞了。

看到任務達到，於是我走到陽台去透個氣！客廳被這些小女生鬧得有些吵。

十月天的向晚時刻，面海的方面，夕陽燦爛如錦，我有些陶醉！不自覺地吟出：

夕陽無限好
只是近黃昏

「張二哥、你的境遇這麼好，怎麼也會惆悵起來？」

我聞聲回頭，看到麗卿站在大陽台的左邊欄杆旁，黃昏的光暈中，美得彷彿像是仙子一般，不覺得陶醉了，約有片刻的時間失神。

等回神過來：「對不起，我剛才看著黃昏的海洋出神了。」最後我還是加了一句討好女生的話：「妳在夕陽的照耀下也美若天仙！」

驀然直接的讚美讓麗卿紅了臉，塗了胭脂的容顏，讓我不自覺地趨向她走去。

大二與高二的學校生活，功課不算太重，特別是上學期，只是麗卿比較辛苦，下課後要替領有殘障手冊的母親看顧彩券店，只有到晚上九點，她才能到麥當勞買杯飲料看看書，所以我們就利用那段時間見見面，我順便替她溫溫課，她的功課不錯，名列班上前三名，跟我小妹的成績在伯仲之間，所以溫習的時間反而不多，主要還是你儂我儂，不過我們有時還是會談些世界文學名著，諸如日本的芥川龍之介、三島由紀夫、俄國普希金，及法國的卡謬及沙岡等，不知怎麼的，她對美國的作家海明威及田納西威廉斯卻不感興趣！至於英國文學泰斗莎士比亞及其他歐洲作家未見她提及，倒是我說起《唐吉訶德》，她興趣盎然，再談到它的作者賽萬提斯，我賣弄了書本上的知識，她聽得津津有味。

我與她的情誼似乎往前更進一步。

少年不識愁滋味，除了藝術及形而上的知識討論外，我們很少觸及現實上的問題，但我只能隱隱約約感受她壓抑著生活上的苦悶。也許從小不愁吃穿的環境，使我彷彿生活在象牙塔裡，不知人間的疾苦。

說到生活的壓力，麗卿與我是兩個世界的人。

在如此不同的環境裡培養出的我們卻陷入熱戀。

在情感的溫室，駝鳥似的逃避，不去想未來，只沉溺此刻的歡樂裡。

我們彼此愛戀及彼此體貼，但卻有二件事讓我們時時鬧意見。

麗卿非常堅持我們約會時的費用要分攤，另外她堅持我們愛撫時除了親吻及身體的觸碰外，不能再越雷池一步。

第一件事，我思考了很久，想到一招來補救，就是託她買彩券，說同學們要的，讓她多賺些利潤，買回來的彩券，就丟在抽屜裡，沒想到有一次竟中了三獎，居然有二十多萬，於是我說這是上天贊助我們的戀愛基金，她才不堅持，第二點就是我自己要克制了，真的很難，因她的容顏及身材太具有誘惑力了！

快樂的歲月宛如白駒過隙，瞬間小妹與麗卿都要高中畢業了，我也要升上大四了。

以麗卿與小妹的成績要考上國立大學是沒有問題的，但麗卿放棄了繼續深造的願望，為了不讓殘障的母親獨自一個人支撐這個家。

麗卿眉宇間鎖著淡淡的愁是有其原因的，她從不提的父親事實上是因殺人罪關在監獄裡，據說今年就會假釋出獄，她父親因母親遭人傷害而致殘廢，憤而殺死人，遭判十年徒刑。期望麗卿在父親自由後，能一家團圓，讓她眉宇重新舒展。

哪知事實難料，麗卿卻從此走向始料未及的命運。

相逢的快樂沒有持續太久，舒展的眉宇鎖得更緊了，麗卿看起來更不快樂了，與我約會時常常會陷入失神的狀況。

我不知麗卿遭遇了什麼？

直到有一天我們預定約會的日子，她缺席了。

當天我打她的手機，關機不通！我跑到彩券行去看看，發現店門是緊閉的，由於麗卿從不肯替我引見她的家人，所以不知她究竟住附近哪裡？打電話給在新竹清華讀書的小妹，也問不出所以然來。

由於即將上船實習，所以只能託付小妹，幫我尋找！

每當實習船一靠岸，我就急忙到彩券行去找找看，依然大門深鎖著，小妹那裡也沒有任何訊息，那真是心靈上淒風苦雨的日子，雖然五月的陽光如此燦爛，但我依舊覺得寒霜籠罩。

海上實習結束後，就臨到大學畢業，父親親自回國來參加典禮，然後全家在新建好的農莊小聚了幾天。

小妹用同情的表情告訴我，麗卿要她轉告我：暫時忘了她，等她處理好家庭變故後，會找機會來看我的。

憂喜參半的表情，讓父親看出了端倪，但他猜測錯了，以為我擔心服兵役及未來的出路。

父親拍拍我的肩膀：「張毅！放心，我會替你安排的。」雖然他無法得窺我內心的苦楚，但父子情深的關懷，依然感動了我。

果然我的預官是派在海軍總部服役，可以上下班，大哥替我在台北租了一間大套房，假日我不回苗栗時，家裡人有時也可以來住處看看我。

雖然一切愜意，但心裡總掛念著麗卿，有時也會再到基隆廟口去看看那間彩券行是否又開張了。

日子在失望又盼望中很快度過了，偶然一些老同學也會到台北來看看我，特別是唐慕華，很可能成為妹夫的他安慰我：「天涯何處無芳草，兄弟！你有沒有想過，即使一切順利找到了麗卿，相隔的這一段時間，雙方該有多大的變化？」

終於離我退役還有二個月的時候，一個週五的晚上，第二天不用上班，也輪不到值勤。看看電視影片打發時間時，突然麗卿敲門出現在我面前。

麗卿形容憔悴的出現在我面前，神情卻有些如釋重負，但倔強的她沒有像一般女孩子流淚，緊閉的嘴唇看得出她強忍著，我們互相擁抱，我一年多的相思終於得到渲洩，她看到我流淚，也忍不住了，終於靠在我肩上抽泣。

在相互的淚水滙聚裡，麗卿訴說了別後的歷程。

父親出獄回來後，母女倆期盼新生活的來臨。由於判過刑，從前的小學教職無法再申請，其他工作因為年齡及專業知識也無法勝任。隨著父親找工作失敗，家中的氣氛越來越陰沉了。

母親終於成了出氣筒，父親怪罪會坐牢皆因她的原故。於是父親每每在家裡發一頓脾氣就到外面放蕩幾天才回來，回家就將櫃台內的彩券收入搜刮一空，然後飄然離去，母親不敢阻攔，麗卿看不過去，就出面擋住：「那些錢是要養家及買彩券的成本，你全拿走了，我們怎麼活？」

做父親的被駁得沒話說時，不覺得脫口而出：「養妳大了，高中也畢業了，去找工作養家啊！」

經過幾次的父女衝突後，雙方的親情越來越淡了。

最後父親露出真面目說：「女孩子長大了，為了家庭去煙花界討生活的，也不是沒有！」

麗卿聽父親講了這些話，感到父親一定是交了損友，不是去吸毒就賭博。

果然有一天幾個人押了父親來討賭債，拿彩券行抵押，不得以全家只好回到屏東老家去，跟親戚租一小塊地養雞，麗卿覺得跟我的家庭背景越距越遠，決定忍痛遠離我，於是把手機也換了。

回到鄉下養雞的生涯，一開始百廢待舉，母親殘障，父親也變得意志消沉，彷彿像個癈人，麗卿負起全部的重擔，經半年多的努力，親戚朋友的幫忙，總算有些成績了，生活慢慢上了軌道，這時麗卿打了個電話給小妹，準備再過些日子，跟我聯絡。

正在逐步改善的時刻，母親腰部的脊椎發生病變……

母親的病對麗卿真是一個無法承受的打擊！十年前開始受傷殘障，又受到父親不幸遭遇的母親，多年來受到的痛苦，令麗卿不忍她再受到病痛折磨，希望母親能乘這次手術的機會一次矯正，但龐大的醫藥費不是目前這樣的家庭能負擔的，於是麗卿決定把雞場的雞全部賣掉，得了一些錢安頓父親，及送母親先進醫院等待手術，然後北上找機會籌錢，終於與一家舞廳簽約，預支一筆百萬的借款，慢慢伴舞償還，然後從小妹那裡得知我的住處，希望與我共處幾天，不負兩人曾經相愛過。

瞭解了分別快二年的麗卿，如此不幸的境遇，我是如此的自責，無法得知並及時伸手援助，但個性倔強的麗卿有自己的想法，不肯跟我求助，因為我也不過是剛畢業的學生，怕增加我的苦惱。

於是我在愧疚中與她感念我的痴情裡，相擁而眠。

夜半時分，她在我耳邊輕語著：「感君情意深重，我願意把處子之身給你，你只要永遠記得我，就無憾了！」

在不知如何形容的情緒中，我們未來會如何？麗卿的將來面臨的遭遇會怎樣？一幕幕襲上心頭。

但她的美豔及溫婉，讓我無法抗拒的誘惑下，我們在彼此的痛惜中完成了人生大事。

往後數日的纏綿讓我永生難忘，知道她不願接受我任何的金錢幫助，況且杯水車薪也難解燃眉之急，我把這些日子父母及阿姨給的零用錢買了一條黃金項鍊及一只手環送給麗卿：「我不送妳鑽石珠寶，送妳黃金，一旦遇到急用，妳可以變現！」

麗卿聽我這樣說也就不推辭了。

就這樣我除了上班外，我們全部的時間都在恩愛中度過。

半個月後，我送她去搭南返的火車，在月台上殷殷話別，在上火車時，她臨別的一句話，讓我刻骨銘心：「張毅，保重了！你是我永遠的唯一，你送的項鍊及手環，無論如何困難，我都不會變賣的。」

在與麗卿分離的歲月裡，匆匆七年過去了，我由實習三副開始，忘掉所有的一切，努力工作，更由於父親人脈的關係，終於擔任了一條大型貨櫃輪的大副，當船靠基隆港時，擔任總船長的父親剛好也在高雄，父子相約在台北見面，母親及大哥由苗栗趕來，小妹及妹夫唐慕華原本住在台北，闔家在台北歡聚，兩天後大哥陪母親返回農場，父親多留一天，我送他到桃園機場的途中，他對我讚譽有加，希望我能在四十歲前也能跟他一樣當上一條大貨輪的船長，我聽了暗自發誓，一定能步父親努力的途徑，也希望在六十歲時可以當上總船長。

正覺得自己的前途一片光明的時刻，突然一件事發生了。

妹夫唐慕華是我同系的好友，自從娶了小妹就放棄海上生涯，從事進出口貿易，一半繼承他自己大哥的事業，一半靠夫妻倆的努力，打造了比以前更大的規模，因此應酬很多，歡樂場合涉足也不少，但小妹生性豁達，對小唐不太管束，不過公司的財務掌控在她手上，也就睜一隻眼閉一隻眼，只要夜必歸營就ＯＫ了。

於是我在台北休假還有一週的時間時，小妹反而要小唐帶我到男人的場合去走走。

小唐不喜歡跳舞，為了湊我的興，隨機帶我到夜巴黎舞廳去玩玩，在大學時代我也偶而偷偷帶麗卿去地下舞廳跳過舞，她應該是天生舞者，什麼舞只要一看，就能跟上節拍。

當我們坐定之後，一張忘不掉的臉映在我面前，舞池裡明暗閃爍的燈光下，麗卿比以前更豔麗，我問了大班，大班介紹說：「她叫麗娜，是我們這裡頭牌。」小唐不待我進一步說就叫經理過來，將麗娜買到底帶出場。

出了舞廳，小唐藉故拿起電話，並朝我擠一下眼睛說：「張筠有急事找，先道別了。」我帶著麗娜、不！麗卿到我住的飯店，在麗卿上洗手間時，手機裡傳來一則小唐的簡訊，把他跟我們道別後，再回舞廳把打探到的訊息告訴了我。

麗卿在夜巴黎已有二年的時間，她的業績好得不得了，不作下午場，晚場也是到一到而已，幾乎都有老客戶包場，自己開賓士上下班，住在天母的別墅裡，聽說雙親都已過世，目前仍然小姑獨處，只有一位菲傭服侍她。

從化妝室出來的她，洗盡鉛華後，美麗如昔，顯得膚色有些蒼白，但更具女人味了，她一頭投入我的懷中，膀子中掛著我送的金鍊，往日的感覺驀然回來，失去的甜蜜時光要用什麼樣的情懷彌補過來呢？

我們只能不斷的纏綿……纏綿……

睡到將近中午，我們叫了Room Sevice，一邊用餐一邊訴說這些年別後的狀況。

原本興致勃勃的，但看到她熟練地拿起都澎打火機點燃涼菸時，我突然感覺到她變了，變得彷彿有些陌生了。

我驀地沉默，她也感覺到：「時光好快，我們都改變了，對了！你在台北還有多少假期，我去請假，一直陪你。」

她的溫婉深情又感動我了，頓然忘掉她身上的風塵味了。

臨別要上船時，麗卿送我到基隆碼頭，宛如夫妻般的送行，我把私下準備好一對克拉級的鑽石耳環載在她耳上，我聽了她輕輕的哭泣聲，她在我耳際說了一聲：「今生已矣，願結來生緣！」

我感到有些傷感，彷彿是要永遠分別的情境。

在歲月蹉跎中，過了幾年，我終於步上父親期望的位子，當上了大客貨輪的船長，只是麗卿仍然在紅塵裡打滾，她不再是紅牌的舞小姐，她嬌美的容顏，及高明的交際手腕已榮升了舞廳的股東及外場的副總經理，似乎沒有要離開聲色場合的打算，我們每年兩三次的歡聚，但家庭的因素無法成為正式的連理，終於雙方開始有了裂痕，在基隆最後一次的見面時，麗卿坦白告訴我，她要結婚了，她把在台北的事務，包括股份及房產處理好後，就跟遠房表哥，一位現職的牧師結婚，然後到台東去辦一所孤兒院，這位牧師在她當年回鄉時幫助過成立養雞場，有恩於她，同時也瞭解她的身世。

我不知怎樣回應這個結局，總之百感交集，無法給她正式身分，心裡一直懷著愧疚，也只能祝福她了。

雖然她一直勸我忘了她，找一位門當戶對的女子結婚，同時她也承諾，我送給她的項鍊、手環及耳環會保留到她過世，永不拋棄，就如同我永遠是她心靈中的唯一。

但我心頭仍然是失落的。

為了揮別失落的昔日情懷，我應徵了一家郵輪公司新闢的一條海上航線的船長職位，負責從澳洲布里斯本到南太平洋諸島，如斐濟、大溪地的循環航程，船是十萬噸級重新改裝過的郵輪，靠著我個人風評不錯的資歷及雖已退休但人脈仍在的父親關係，我得了聘書，此刻我是目前這艘開往布里斯本郵輪上的見習船長。

在郵輪見習的航程上，愛德華船長對我十分禮遇，他曾在父親的船上當過大副，受到父親很大的照顧，他也就愛屋及烏了，愛德華告訴我說郵輪船長的責任，除了讓船平安行駛外，最重要的是獲得乘客普遍的滿意，要我以後擔任那條郵輪船長時多舉辦一些活動，其他應該就沒有問題了。

他一再強調以我過去的紀錄，再隨他跑個兩三趟就可出師了。只是他沒有說出明年開闢的新航線要經過許多波詭雲譎的海上魔域！這條航線上奇詭的遭遇，使我人生有了另一個層次的體悟。

南十字星號在兩次循規定路線試航成功後，正式營運了。

也是我擔任郵輪船長的處女航，在興奮中有些許緊張，自從麗卿離開我後，我決定重新振作，不辜負父親的期望，南太平洋中駕著南十字星郵輪開始我的新人生。

想歸想，但是我還是忘不了麗卿！

為了藉工作忘掉情傷，我特別努力做好自己的職責，況且一條船將近一千五百位乘客及五百多名工作人員全都要依賴我的專業及指揮，其中十分之一的船員還是我父親或我的老同事，責任重大。

雖有二次的試航，但那時沒有載客，此番連同工作人員將近二、三千人的安全都在我身上，必然要全力以赴，不能懈怠。

所我每天都會抽空巡船。

郵輪在月光下行駛在南太平洋上，海面平靜無浪，有時鯨魚群在海上逐浪，煞是壯觀！

看到乘客們快樂的享受他們的海上假期，歡笑的容顏也感染了我，於是跟所有的人寒暄，讓他們覺得這是位不一樣的親切船長，四十多歲穿著制服的我，看起來還滿英挺的，也感受到一些熱情女仕拋過來青睞的眼神，讓我有些許的驕傲，感謝父母給了不錯的顏值，我似乎快要忘掉那些生命中曾經的不愉快，但是總覺得麗卿還在我的心底，伴我一起航行。

南太平洋的航程在波平浪靜的氛圍中，緩緩進行，南十字星號雖是翻修改裝的，但機械設備及裝潢都是一流及時尚的。

所以乘客非常稱讚，旅程中船公司也轉來了旅客的讚美之辭，同時公司也傳來了對我的獎勵賀詞，並要求對全體船員頒發特別獎金。

於是全體船員按不當班的時間，分別舉辦慶祝宴會，我也跟幾位高職等的同仁一起聚餐，席間喝了些香檳，然後我照例巡船，大副Paul原本請我休息，但我興致很高，堅持自己執行，於是他派了一位年輕見習生，及一位我在他船時就跟隨的老部屬

一齊陪同。

一行三人有說有笑地邊談邊巡查。

在巡邏到船首前艙時，剛好經過一列列大大小小的礁石島，除了大批海鳥外，是別無人煙的。

船長！你看那最近的礁石上有些古怪，那位跟隨了我五年的搭檔老谷邊說邊把望遠鏡遞給我：「多年前我看到過的景象又出現了。」

拿起他傳過來的望遠鏡一看，五百公尺外的礁石上有一群海上生物在蠕動，彷彿是一群大魚傍在石頭上對著月亮看，但一調好大度數，發現竟是人的面龐，被長長的毛髮掩住了，看不清楚全部五官，但確定人形的臉是不會錯的。

正在出神之際。

「那是鮫人，就是我們常常傳說的美人魚，明亮的月夜裡會爬上礁岩曬月光，如果看到的人心裡有著眷戀的人，就會看到人魚的臉是自己愛人的面孔。」

我聽著老谷的說法看過去，驀然漸漸呈現出麗卿的臉，然後朝我詭異的笑一笑，隨即跟著所有人魚群遁入海水中，最後消失在海面上。

面對老谷嚴肅認真的表情，我不願把真相揭露。

故作輕鬆地對年輕見習生調侃地說：「Paul，看到了你的安琪兒了嗎？」

不想他竟對我點點頭，我轉眼看著老谷，發現他的眼睛裡也透露出了怪異的光芒。

回到船長室，我跟駕駛室當值的航海執行官通了例行的察查後，我便邀老谷到我的起居間來泡大紅袍。

老谷知道邀他泡茶，一定是欣賞他的泡茶手藝，更會與他促膝長談。

聊些家常後，就開始談到鮫人的事，他信誓旦旦的說，南太平洋的人魚是存在的，特別在斐濟與大溪地之間的海域，經過剛才夢幻般的親眼歷程，我不得不從懷疑中轉向半信半疑，是我醉了，還是眼花，更可能是真的。

我拿起老谷沏的茶喝了一口，慢慢聽他說起多年前親歷的奇幻經過。

那時老谷擔任貨櫃船的二輪管，航行在澳洲與南美諸國之間。

每當排班空檔時，他會從輪機室到艙面上去透透空氣，順便欣賞一下南太平洋月光下的美景，突然他的耳際傳來一陣輕柔的歌聲，彷彿是那些南島流傳的民歌，特有的嬌美女音讓他陶醉，突然前方的海域有一片漂動的鱗光閃閃在浪濤間，看不見是什麼樣的生物，但美妙的歌聲確實是從那裡傳來的。

「就在此刻瞥見水手長高大的身軀與幾位全身濕透的飄著長髮的女子在甲板上載歌載舞，我不禁好奇的想，船上哪來的女子？水手長喬克一點察覺不到我的出現，但其中一位女子突然轉過臉朝我看過來，我心頭突然一震，好寒意懾人的眼光，月光下無血色的蒼白容顏，烏黑的頭髮夾著海草，一副淒美但詭譎的組合。

正在我驚訝要吼叫的時候，三個類似女子的生物拉著喬克一齊跳入海中，我驚魂未定，叫不出聲，只看到不遠的海面上，突然一陣騷動，好像是群魚在搶食的景象。

我感到前所未有的恐懼，迅速回到艙房，悶熱的房間裡，我睡在床上，卻猛流冷汗，久久不能入睡，第二天下午大副宣布水手長喬克不慎墜海，三副里昂暫代他的職務！」

老谷說到這裡，仍心有餘悸對我說：「這幕景象一年內一直出現在我夢中……直到調到船長你的東南亞航線，才漸漸忘掉！」

我忙安慰他：「沒事的！那是傳說，信者自信，不信者恆不信。」

老谷走了以後，我卻無法入眠，我剛才的確看到的是麗卿的臉，怪異的組合，怎麼可能呢？那麼這個傳聞就不是空穴來風了。

整夜在人魚的微笑、麗卿的容顏交疊的鏡頭裡穿梭著，時而歡樂，時而悲淒，到最後甚至驚慄！

醒來突然衛星電話響了，是小妹張筠打來的，我以為家裡有什麼事情發生，小妹簡略的說了些家事，一切平安，父親很享受他退休後的田園生活，最後話鋒一轉，談到了麗卿，我說她不是要結婚了嗎？小妹告訴我說，紅顏薄命，她的牧師表哥在颱風夜去替教區的一位臨終教友祈福，不幸回程遇到山洪暴發不幸身亡。但堅毅的麗卿卻決定獨自負擔起建立孤兒院的責任，我不勝唏噓感佩之餘，決定將儲蓄全部捐出，幫助她完成願望，不過小妹最後說的一些話，讓我頗有感觸！

她說：「二哥，人活在世上，是為自己活著，不要為自己或長輩的虛榮活著，你已經錯失了許多可以快樂的人、事、物，不要再蹉跎了，上天又把麗卿賜給你了，把握她吧！別讓她再失去了。」

聽了小妹的話，我決定在這個航程二個梯次，約四個月結束後，有一個月的假期，我會回台灣去，對麗卿有所表示的。

當我們的船抵斐濟，有二天的停留，在試航時我沒有閒暇的時間去看看這個島，老谷說這個島有一個最值得我們兩人去看看的不是天然美景、觀光勝蹟，而是土著部落裡的一些非官方未公開的收藏品，我知道老谷喜歡收集南太平洋的民俗老東西，如木雕、石刻及老化石等等，而且已經有不少的收集，所以跟著老谷去探訪，一定有新的發現。

果然一上岸老谷找到一位美麗的土著姑娘卡魯娃，她駕一部吉普車帶我們離開首都蘇瓦，經過一小時的路程到一個部落地區，一個很普通的土著村落，卡魯娃直接帶我們到小叢林旁的一個山洞，老谷給了她一百元美金，她把鎖住的木門打開，開了燈，把一個長方形的櫃子上蓋的布幕拉開，一個玻璃櫃裡放著一具白色的骨骸，有人的頭形及上半身，連著是似魚的下半身及尾巴，儼然是一副人魚的遺骸。

我好奇的問卡魯娃：「是真的嗎？」

老谷也用疑惑的口吻問著：「妳可以說說這個骨頭是哪裡來的嗎？」

卡魯娃說：「在英國文明還沒有到斐濟的很久很久以前，傳說人魚族跟當地人是可以有交往的，人魚族用真珠與土著交換牛羊及家禽等食物，後來不知發生何種變故，雙方互不來往了，人魚不幸漂到陸上就被襲殺，漁人到海上也會被傷害。」

這當然是一個古老的故事，但在老谷和我的心中卻有奇妙的思潮！

回到船上，我還一直被這個思緒影響著。

夜裡開始又夢到人魚的跳躍及舞蹈，個個的面容都類似麗卿。

離開斐濟的第三個晚上，舉行了旅途中間的盛會，船長的歡迎派對，宛如聖誕或新年的布置，有豐盛的餐點、香檳與紅酒，雞尾酒及飲料無限制的暢飲，船上夜總會的表演人員也安排了特別節目，等我與一位安排好的女士開舞後，宴會就進入了高潮，接著賓果遊戲、摸彩及限時拍賣等，在進入拍賣時刻，我想這一段會拖一陣子，於是我一個人到駕駛主艙去看看那些仍在工作的兄弟們，老谷也在值勤，看到我來，突然冒出了一句話：「那年的事件就發生在這片海域。」

我不以為然的應了一句：「你期待劇情重演嗎？」

老谷臉上的表情迅速嚴肅起來：「不會的！不可能重來的！」

這時船艙的甲板上漸漸人多了起來，我想宴會將近尾聲，我驀然發現一位貌似麗卿的女士穿著晚禮服隨著人群正走出大廳，我急速的追出去，卻看不到蹤影。

在回到船長寢室的途中，我一直想著這貌似的女士是人還是人魚的作祟？

主持船長的晚宴讓我忙了一陣子，回到寢室，無睡意，但卻感到有些餓了，吩咐侍應人員準備一些宵夜，倒了一杯紅酒，坐在陽台上，向大海望去，月光下海面一片波光粼粼，忽然思緒趨向斐濟的人魚骨骸及那天夜裡看到的景象，感到十分撲朔迷離，也想起老谷的遭遇，最後思想轉到夜宴結束時看到像似麗卿的女人。

突然聽到敲門聲：「瑪麗，沒有事了，妳休息吧！」

我以為是執事的庶務女主管。

「你追出來，不是要找我嗎？凱撒琳來回應了。」

凱撒琳！是誰？我去追她！莫非是……

疑惑加上好奇，我急速去應門……

一位風姿綽約的女子站在門口：「不請我進去嗎？」

我連忙作一個邀請的動作，凱撒琳款款地走了進來，在單人沙發上一坐，姿態優雅，仔細打量，真的與麗卿的臉孔十分神似，只不過輪廓是西方的，身材也較高一些。

我倒了一杯紅酒給她

她啜飲一口紅酒：「好奇嗎？我已自我介紹過了，凱撒琳，女人的年齡原則保密！我是船公司的特別貴賓，其他我就不說了，你追出來，一定有什麼原因？可以告訴我嗎？」

我瞬間被問倒了。

她看我的窘態，喜嚯地說：「我幫你回答吧！像你以前的情人！」

十分伶牙俐齒的貴夫人，必然是船公司的股東之流，不便得罪，但我也有個吃軟不吃硬的倔脾氣：「妳是來暗中稽查我的！」

「不是啦！被你船長的風采吸引了，來投懷送抱的！」

如此的夜裡，如此美豔的女郎，如此的情境下，我能抗拒這樣的挑逗嗎？

但理智及莫名的恐懼點醒我的意亂情迷！

我委婉的說：「夜深了，船長我明天一早要召開航海會議，恐怕無法與妳促膝長談了，能否改天再約，一定讓妳盡興！」

是有點掃興！女子施施然的與我道別，相約下次見面。

大約半個時辰過去，突然海面彷彿有天籟響起。

月光、海洋、波濤聲，如此陶醉的夜色下，我更無睡意了，拿起小提琴拉起莫扎特的小夜曲，一曲拉罷，突然門外有人敲門，打開，門外一位穿著便裝的女子站在那裡，邊輕拍著手邊說：「好優美的夜曲，船長！你的琴藝也是一流的。」

雖沒有剛才那位美女的風韻，但有一份麗卿少女時的風華，霎那我被時光拉回二十年前了。

「我叫愛咪！聽到大姐回房告訴我，她色誘船長失敗！很不服氣，不覺好笑，挫挫她的銳氣也好，否則她會瞧扁了天下男人的。」

被稚氣的口吻逗笑了。

她接著說：「我不喝酒，給我一杯氣泡水。」

坦率的談吐吸引我，已經許多年沒有這樣不設防談心了。我告訴她有關麗卿與我的情感過程，她沉醉在我的說辭裡，時而……時而……

總之聽完之後，她竟哭得不能自已。

突然她說要回房了，雖然我的興致正濃，也沒有聽她說一些自己的事，只能有空再聊了。

愛咪接連幾夜來我的房間，她似乎都穿著與第一夜相同的服裝，也都帶來我懷舊的夢幻，我越來越覺得她像少女時代的麗卿，我情不自禁擁抱她，她在我懷裡有輕微的顫抖，同時她身軀有些冰涼，也許海風從陽台透過半開的門吹進來的原故，我正要去關上門時，她阻擋了我：「喜歡海風拂過長髮的感覺，海上波浪輕輕晃動的氛圍。」

我感到有些無法抗拒她的誘人情懷，她似麗卿昔日的容顏，麗卿！麗卿！我突然從情慾的夢幻中驚醒過來，我對愛咪說：「我為妳拉一段史特勞斯的維也那森林！」

悠揚的樂韻中，她似乎哭了。

片刻之後，我們都從琴聲中甦醒過來，但愛咪卻陷入另外一種情緒中，臉上的表情顯得非常複雜，那種沉思的過程完全不隱瞞的表露出：「張，你喜歡我嗎？」

我點點頭：「當然！」

「那你也愛我嗎？」

對愛咪的問題，輪到我沉思起來！麗卿、愛咪交疊的容顏有時合一，有時又分開，思緒突然矛盾起來。

她彷彿看出了我的為難：「這幾夜的相處，你始終持之以禮，以女性的感覺，你也有男人原始的本能，但你心裡仍有麗卿的影子，無法分心，雖然我們長得很像！」

她接著說：「我已經墜入情感的漩渦，但我不能愛你，因為不想傷害你。」

我狐疑的看著她久久……

她突然拿起我的那杯紅酒一飲而盡，開始訴說一段驚心動魄的傳奇。

「在你們人類的傳說中，人魚彷彿是神祕的生物，似有若無，沒有定論！但不知何故！有關人魚的傳奇的圖文會不時的出現。」

聽愛咪如此的開場，難道她是……

沒有等我思考完畢。她就接著說：「不知多久以前，人魚族與人類是可以互相交往的，特別在維京人的北海地區及南太平洋的廣大海域上，甚至跟人類會互市的，以貨易貨，人魚的真珠、珊瑚是人類喜好的珍寶，但不知何故，人魚開始躲避人類，甚至敵視人類，常有傳說風強浪高的時刻，人魚族會乘海船傾倒襲擊落難的人，或風平浪靜的時候，用歌聲讓航行者迷航，終於成為海上的幽靈。」

我覺得匪疑所思，迫不急待的問：「妳不是人類，是……」

不待我說完，她點頭承認。

我又問：「妳說的都是真的嗎？」

她不置可否的又講下去：「人魚也有不同的族群，有膚色、美醜、善良與邪惡之分，人魚壽命普遍很長，幾百歲的比比皆是，如果修練得法，也能超越千歲的極限，活過五百年就能逐漸幻化人形，但形貌難看，好似人類說的厲鬼一樣，過了八百年就會跟一般人一樣，但這段時間是最危險的。」

我插嘴搶問：「什麼危險？」

「因為初幻化成人，對人類的社會十分好奇也嚮往，雖然外形如一般成人，但智力卻若幼童，還不能適應人類錯綜複雜的社會結構，往往被騙及被殺害，所以人魚群族間有個不成文的約定，未修行到千年的功力，不要到人類的地界去。」

我忙著調侃她：「千歲娘娘，受我一拜！」

她不禁臉紅了紅說道：「人家心裡難過極了，你還開玩笑！」

她接著說：「我們人魚有它心通的本能，經過八百年修行的智者，能洞明一切世事，唯有一樣不能！」

「哪一樣？」我急忙要問答案。

「那就是自己的愛情！

一旦與人類動了真情，不是把對方殺害，就是要自我了斷！」

我突然有些恐懼，我們之間的交往，是否害了愛咪？

她大概也看出了我的困惑！

忙著說：「沒有事的，我們之間有些愛慕之情，但沒有實質的兩性關係。

我想該是我們分別的時刻了，你對麗卿的真情感動了我！

對了，我要送你一顆真珠，它不是我的眼淚，是海貝的珠。」

愛咪從懷中拿出一顆鴿蛋大小的真珠，放到我手裡！

「你把它送給麗卿，作為你們的賀禮。」

說罷在我臉頰親了一下！

然後從陽台縱身往下一跳，消失在海裡。

那一刻，我整夜無眠，望著月光下的海面，及海上星羅密布的那些無名礁島，想念著一個叫愛咪的美人魚兒，我會記住她的吩咐，把那顆真珠送給麗卿作為結婚禮物的約定。

同時在我往後的生命裡，也將永不忘懷與我相遇，共度過幾個晚上的純情愛咪。

海幻

想要問一問你
不知今夜你在那裡
我日夜在期待你的歸期
想念你想念你
想你熟悉的身影
今夜希望你到我夢裡
多麼盼望有一天
我倆還會再相遇
傾訴我心裡的思緒
但願一切都沒改變

時間回到了從前
今夜等候你到我夢裡……

從我自己開的咖啡坊的櫃台上，透過大落地窗望出去，防波堤外的海，波平如鏡，在月光下彷彿是個精靈世界。

每當最後一桌顧客離開後，二位幫忙的小妹妹也收拾妥當打佯後，我總會想靜一下心情，再回到屋頂的小閣樓去休息。

但今夕夜色有些迷離，一如往常的海邊景象，只是海灘旁的紅樹林裡卻彌漫一層薄薄的輕霧，柔柔的海風吹過來，吹起窗檽上的窗巾，庭院裡的桂花也不甘寂寞地開放它的幽香。

我不禁有些陶醉，心有些神馳，想起往事。

是往日的情懷嗎？十年都過去了，搬到這片沙灘旁開咖啡坊也二年多了，還有什麼情傷不能痊癒呢？

只是今夜心思真的有些異樣！

終於弄清楚了，原來有一個男性的歌聲從紅樹林裡傳了出來，由遠而近慢慢清晰地在我耳際迴響。

沙灘上低沉但頗有磁性的歌聲，吸引我推開門，信步走出去尋覓誰在那裡引吭放歌。

但走到沙灘上卻遍尋不到任何人影，只聽到西風吹過海面波浪起伏的濤聲。

我有一種被愚弄的感受，一首滿動人心弦的情歌，但不知誰在唱，卻在我心底泛起陣陣的漣漪。

期待再相見的詞句的確刺激我心中的某些隱痛，不過是什麼原由讓我半退隱到這偏僻的海濱呢？

我已到了女人四十一枝花的年齡，但我的記憶只得從十五年前開始計算，之前的光陰是一片空白，什麼原故真的無從追究了！

但二十五歲到三十歲的五年中，是一段難能忘懷的時光，老天爺彷彿要補償我失去記憶的歲月，把許多的事務濃縮起來，我在股票市場迅速累積了財富，甚至在感情上也是如此，由於理財方面的傑出表現，我頓成上層社交圈的佼佼者，被邀請演講的機會更是席不暇暖。

當然我也成為一些單身男士追求的對象，儘管如此，受驕寵的我，卻愛上了有婦之夫。

也不知道什麼時候被他吸引的，在眾多的追求當中，不乏學有專精的學者、頗富盛名的藝術家、創業成功的青年企業家，更不必說不少的富二代。

比起條件，張至愚不過是一家中型企業的副總經理，不算太帥，但頗性格的留了一把落腮鬍子，平時不太說話，但輪到他發表意見時，立論精闢、引經據典、出言幽默，常引得大家會心一笑。

更也許是他不太甩人的不羈態度，譬如有些場合，規定出席者要著正式服裝，他硬是休閒衣服一套，但說也奇怪，大家都不見怪，因為他是個業餘作家，而且作品不少。

他彷彿不太善於與女性交際，禮貌但從不對我奉迎，雖然不算粗魯，不過也沒有親切感。

所以起初認識時，我甚至對他有些微的排斥。

人就是奇怪，一百八十度的轉彎也不是不可能的，幾次在不同場合遇見，也就有些熟稔了，加上女性對他都頗有好感，不過聽了這些說法，我反而感覺他太花了，為什麼大多數女性對他都有好評！

就這樣不知不覺開始約會了，有空就去喝喝咖啡，他的知識涉獵很廣，除了他工作的專業知識外，文學創作包括詩詞小說也不在話下，且對歌唱頗有天賦，聲音雄渾中有柔美的韻，但這些還不是最吸引我的地方，當我們相約獨處的時刻，他的眼睛會靜靜地看著我眼眸，裡面有深情，但也有些淡淡的憂鬱，那是種令女人想要探索的神祕感，驕傲的我常常被他這種莫測的眸光吸引住，我真的神馳了。

我情緒的變化，被常在一起的閨蜜們發現了，她們沒有直接勸我，但告訴我，傳聞他很花，而且已有妻室。

當然我開始有些遲疑！

只是已不知不覺陷落下的感情，逐漸發現無法自拔了。

難道我這隻色彩燦爛的蝴蝶，竟然變成了撲火的飛蛾。

我真的變成飛蛾了，被愛情的火焰焚燒得遍體鱗傷，這隻傲慢的蝶彷彿放在玻璃框內的標本，成了張至愚展示的獵物，任他誇耀。

但好景無法長久璀璨，雖是標本，如果是獨一無二，我也就默許了。

只是卻時常風聞有新的標本要加入一起炫耀。雖查無實據，但總是事出有因，嫉妒之念一起，已然讓本是溫柔小貓的我，瞬間開始蛻變成獅吼！

不斷的爭執，終於在一次高速公路的行駛中，雙方過度的語言爭執，導致了一場嚴重的車禍，結果他傷重半身不遂、我在醫院昏迷了一週，修養了一兩個月才出院，結束了為期二年半的戀情。

接下來的難堪時光，我必須接受一連串無情的嘲弄、訕笑。輕度憂鬱的症狀，更使我不得不退出台北的繁華，開始避難似到世界各地去流浪，漂泊中的孤獨讓我心靈有更多的體會，愛情、名利都是過眼雲煙，但過去金錢上的收獲，由於投資得法，使我往後的生活可以完全無虞，甚至說是相當富裕，只是在西班牙巴塞隆納達旅行時，好奇的在一位吉普賽老婦人的算命攤上，問了一些問題，似乎有些還頗準的，她的水晶球顯示我的財運很好，不過情路坎坷，有二段刻骨銘心的戀愛，均悲劇收場，特別是二十二歲時的初戀，有死亡的陰影籠罩，但二十五歲前的情境，我全然無法回憶，詢問的結果，答案是重新能活著的代價。

從那時起，想要找回失憶前的意念開始逐漸萌生……

流浪幾年，決定回到台灣後，找一處地方退隱，好好整理思緒，去追尋我的第一段感情究竟怎麼了，明察暗訪的結果，依然一片空白。

最後決定到這個僻靜的海邊小鎮，經營一家小珈啡坊，說是覺悟或者懺悔，都無所謂了，我需要遠離相識的人群，獨自過一陣子完全屬於自我的生活。

每逢我興起思考探究失憶前時空的霎那，就會聽到有男性的歌聲從起霧的紅樹林裡傳出來，到我咖啡坊的沙灘上嘎然而止。

日久之後，漸漸習慣，如果太長一段時間沒有聽到，好像就會思念起來。

慢慢發現這個歌聲與我想要追尋失憶前的生活點滴，當然也包括所謂的初次戀情有關。

特別是在我請的徵信社傳來意外的訊息，等了二年的第一次的消息，但是卻與張至愚有關……

徵信報告裡說：「張至愚在我們發生車禍前二個月左右收到有關我的二本日記。」

二本日記？如果真有的話，是我寫的還是別人寫我的，徵信報告沒有說明，只說會繼續去追查。

但有了這些訊息，至少我失憶時空的那段尋覓，應該有些蛛絲馬跡了。

只是我百思不解，為什麼沙灘上的歌聲與追尋我的空白歲月，會產生這樣的連接？

就像今夜歌聲又唱起來了，我突然也想起了那首夜半歌聲。

風淒淒、雨淋淋

花亂落、葉飄零

在這漫漫的黑夜裡

誰同我等待著天明……

難道是另一個宋丹萍，來訴說冤屈嗎？

受到電影《夜半歌聲》的影響，連帶對沙灘上的歌聲產生了濃厚的興趣，到底有什麼企圖還是我猜想的冤屈，很想一探究竟！

所以我一聽到隱約的歌聲響起，我就推門而出，躲在前庭的樹叢裡窺視，有點緊張但不懼怕，終於看到一個朦朧的黑影在沙灘上施施而行，我不急著出去，只想看看他的意圖？

正在失神思考時，黑影突然出現在珈琲坊的落地窗前。

我一吃驚叫喊著：「誰？幹什麼！」

倏地看不見任何踪跡，我不死心，追到沙灘上。

沒有起風的月夜，沙灘上沒有任何除了我以外的腳印。

他到底是誰？失戀的可憐人！不得意的聲樂家！還是……含冤幽靈？

反正無所謂了，我如此的活著，除物質外，心靈空無所有！

也罷！人鬼戀也算是淒美的傳奇！

難道世上真有所謂的幽靈嗎？

也許曾有死去活過來的歷練，對生死之事真的看淡了，那麼鬼靈之說也就沒有那麼恐懼了。

但是恐懼中有些許的期盼，究竟什麼樣的期盼，說不上來，但那首黃鶯鶯唱的《相思》，卻一直縈懷心中，久久不散。

日子平淡中度過了不少光陰，直到有一天，張至愚的妹妹，跟我很談得來的張敏，打了電話給我說：「醫生交待，哥最多熬個半年，嫂子跟孩子又都在國外，最近妳有空也願意見他的話，他要跟妳道謝也要致歉，並有些東西要給妳。」

跟張快有十年未曾見面了，過去的恩怨情仇似乎也都過去了，忘了還是記得？真的無法說清楚了！

忘了他壞還是記得他的好呢？或者全然相反！

其實已都不重要了！

見他一面又何妨，或許在他那裡的二本日記裡可以找得出我的身世之謎！

看到張清瘦的面容，已不復當年傲然不羈的形像，心裡湧現難以描述的感受，瞬間覺得我們都好傻啊！蹉跎了那麼多的青春歲月。

正在我陷入往日的意境中時。

「妳還是那麼動人！」

張依舊是用讓人難以抗拒的眸光注視著我。

「十年了！都好嗎？」

我有點感傷的看著他。

他點點頭：「對啊，時間過得好快，這些年妳都在做什麼？聽張敏說，妳在經營一家珈琲店！」

彼此握著手訴說分別後的境遇，得知十年中，他靠著服務公司的投資股息收入及保險金，維持還不錯的生活，為了打發無法行動的輪椅生活，外傭每隔兩天都會陪他到公園去繪畫寫生，有時也會在家約朋友們來唱唱歌，聽到這裡，我有些安慰，張至少活得健康，那麼張敏說他的身體是怎麼回事？

趁張到化妝室的時候，我轉頭看著張敏。

不待我問，張敏就搶著說：「不這樣講，是怕妳不肯來，實則哥哥要送妳一些東西，是什麼？妳別問，等一會就知道了。」

「小蕾！不知道這些年妳在那裡？很思念妳，於是用妳的照片及想像幫妳畫了一幅油畫！妳看看像嗎？」

果然是十多年前的我，宛如又回到那個青春揚溢的年代，只是驀然回首，那人已憔悴了。

突然我有股想哭的衝動，特別聽到他這樣說時：「小蕾，在國外流浪了這麼多年，妳受苦了，這幅畫聊表我對妳的歉意。」

臨別時，張露出一份不捨的表情，本想回頭擁抱他道別，不知怎樣，竟然忍住了。

張敏開車送我到車站時，遞給我一包東西，說是我們出車禍前二個月，有人寄來的二本日記，說有關我過去的事，哥哥很想看，但一直沒打看！隨日記還有一封信，不過哥哥看完就撕掉了。他說過那一陣子情緒很不好！但保證沒有看過日記的內容。

我有點感動！張畢竟是位君子。

回到咖啡坊是下午三點左右，我提早結束店務，要小妹們先回家休息，我則到三樓的住處，迫不及待把放著二本日記的紙袋打開，一本藍色封面，一本紫色的。

我先打開紫色的那本，上面貼著一張十七八歲少女相片，一看就可以認得出是年輕時候的我，下面娟秀的簽名林亞，但不是現在叫的林慧，也不是與張相處時的林小蕾。

看完整本日記，知道林亞我是一個孤兒，從小與張建一齊長大，情同兄妹。

張建比我大二歲，在孤兒院中一直呵護我，像兄長一般照顧我，但在他在十歲的時候，被一對膝下無子的企業家收養，剛好收養他的人家也姓張，幸運的不用改姓。

十八歲那年我考進中部一所國立大學的外文系，迎新晚會的那天意外重逢了張建，主要是孤兒院的導師們為了讓大家離開出去求學、就業時不致於孤單，設立了聯誼會，讓已在學校及社會上有成就的學長姐能就近照顧學弟妹，所以迎新會當晚，張建就找到我，到新環境沒有親人奧援的我，備感寂寞，張建的相認，我彷彿是在暗夜的大海中航行的船隻驀然看到了燈塔。

我享受遇見親人的溫馨，也在往後相處的日子裡種下了對張建的愛苗。

張建不只是好哥哥，也是個好情人，美好的日子似乎過得無法記錄！一轉眼二年快過去了，張建要畢業了，並考上了預官，我也將升上三年級了，張建決定在他服滿一年兵役後，到自家的企業從基層做起，我佩服他能吃苦，將來一定是好丈夫，但我有一點不放心，兩年來我一直暗示能拜訪他的養父母，但張建都用各種理由推脫了。

於是我要瞭解張建是如何解釋他推辭的真正理由及原因？急忙打開那本藍色的日記，想必是他的，日記裡除了一些日常生活的記載外，我終於發現了原因，關鍵在張建養母的身上，他的養母有個義女張云，比張建小一歲，從張建被收養後一直在一起成長，可以說是青梅竹馬，養父母也希望他們長大後結婚，共同繼承張家的事業，張建很矛盾，陷在張云與我情感角力的掙扎中。

我們兩人的日記中也記載彼此感情的不可分。

當我大學畢業時，張建已在自家的企業上班，且有相當程度的表現，養父母認為他應該成家了，但張建感情的鐘擺是偏向我這邊的，不過我也知道鐘擺是會移動的，於是日記中的我開始籌劃一個要完全擁有張建的計劃……

看到這裡，我不禁為自已如此的心胸感到有些自責。

但隨即我釋然了，從小在沒有真正被寵愛照顧的環境中，我必須自已去爭取想得到的東西，於是我毅然決然地進行我的計劃！

在慶祝我二十二歲生日的那天，也是我留校當助教第一次領薪水的次日，我要用自己努力掙的酬勞請張建共度一個浪漫的夜晚，我們相約在他公司附近一家氣氛不錯的餐廳共同慶生。

原相約在七點鐘見面，但一直等到九點多，仍不見他出現，心裡擔心不知他出了什麼事？

打張建的手機沒有回應，於是打電話到他的公司找他，接電話的值班人員說：「辦公室的人都下班了。」心中更不安了，到底發生了什麼事？

翻開他的日記，終於明白了張建失約的原因，張云發生了車禍，他與養母去處理善後，好在肇事雙方都不嚴重，和解了事，但卻延誤了與我的約會。

雖然第二天他馬上到我住的旅館跟我道歉。

聽了他的解釋，我諒解了。

但我的日記裡卻透露了真正的心聲，我心裡開始容不下張云，但我有什麼條件跟她爭呢？那麼大家都不要得到！於是我更積極展開了我的報復行動！

為急速瞭解當年張建與我和張云陷入三角關係中的來龍去脈，我把兩本日記同時按同一時段展閱，好比較我們兩人心底不能互通的祕密。

其實在兩人各自日記的對照裡，我逐漸發現了張建的一個隱藏的性向祕密，等看過這個祕密的起因、過程、及發展，這個剖白讓我心驚、難過。我不禁為張建潛在的不幸命運感到悲痛，也為我和張云覺得委曲，我們都是造物者撥弄下的玩偶。

這就是為什麼張建對我一直持之以禮的原因？

原來張建在八、九歲受到同孤兒院裡的一位大哥哥變態性侵，少不更事的年華，被誤導到不同的性慾領域，逐漸養成了另類習慣，難怪他被領養的那一年，要離開時張建哭得很傷心，我的日記裡追憶小時候的情況，還以為他是捨不得離開我，原來還有其他的原因！同時那位他稱為大哥哥的孤兒也在同年離開孤兒院去作海員、飄泊四海了。

寄養張家時，張建也感覺他的行為必須匡正，不想讓養父母覺得他的愛情及人生觀有偏差，所以他儘量克制自己的意念，雖然很辛苦，但藉張云與我之間的矛盾，取得心靈上的平衡。

他在日記上也不斷的表露出厭世的悲念。但張建那時無法啟口對我說出真相，我也並不知道個中的原因，所以當時我的嫉妒之心便對準了張云，特別是張建缺席了我的生日宴之後。

日記裡的我——林亞在愛情的領域裡是極端自私的，像眼睛裡容不得一粒沙子的存在，張云是因為張建所處的環境使然，但不應該隱瞞我，直到看了張建的日記，方知內情的複雜，居然他有厭世的傾向，那就跟我當時意念一致，生而何歡，死而何懼，我的內疚就少了很多。

那麼讓我們一起滾回地獄去的想法，是對的。

經過約一個多月的溝通，我成功的說服張建跟我一起殉情，他的日記裡只顯示出我對他的情深，及在張云與我之間難以選擇的痛苦，但他不想說明在性別錯置愛情裡的無助，仍然想保全了他自己不願面對的問題。

日記看到這裡，中斷的記憶驀然串連起來了，愛情裡的坦白固然有時會增加不必要的爭執，但如若隱瞞關鍵的部分，則後果更是不堪設想的。

張建是太聰明還是真傻了？

我無從倒想回去猜測他當時的決定！

我想他應該給我一份解釋，不管他是人還是鬼！

沙灘上又傳來熟悉的歌聲，這片沙灘想必是張建跟我刻骨銘心的地方，我們攜著手從這裡一起奔向大海深處的。

隨著相思的歌聲，我知道張建會回來給我一個答案的。

我隨著張建的歌聲合唱著。

想要問一問妳

不知今夜妳在那裡？

我日夜在盼望

妳的歸期……

張建，我等著你！世上我已沒有什麼可以留戀了。

讓你久等了，用你的歌聲迎接我吧！到我們共同期盼的地方。

攝魂師

每當拿到他的名片時，都會仔細看一看，吳缺有才。

吳缺是他的原名，成年以來，換過不少工作，都還算有點名氣，但發財機會不大，故吳缺在他名字旁加了一行紅色小字，有財，盼有點才華外也要有點財。

叫了吳缺有財不久以後，看大家認為這樣排法太俗氣，於把財的貝字去掉，正式定名為吳缺有才。

目前他的正式名片是：

隨興攝影家

吳缺有才

吳缺有才對攝影應該頗有天賦，換了不少工作，這次應該最得心應手了。

經過他拍攝的照片，無論人像、風景及物件都是匠心獨到，加上照片的後製，都能獨具慧心，讓顧客讚賞不已。

同時他為人隨和、收費合理，雖然有點好色，但也是樂而不淫，頂多看到美女，吃吃豆腐，開開玩笑，不會過分的，是個頗富好評的朋友。

這樣說來，應該是業務鼎盛，攝影工作應接不暇的。

但事實並非如此，因為有個綽號害了他，他被稱作「遲到鬼」。

可見他有遲到的惡習，而這個毛病也害他丟了不少的生意。

雖然如此，仍有不少欣賞他才華的人，喜歡找他工作，除攝影技巧外，談吐幽默，不時出一些點子，讓彼此的工作合作，不致呆板無趣。

儘管如此，當然也有些客戶受不了他的時間觀念，最後拂袖而去的。

他如此隨興的工作態度，讓他替自己興趣拍攝的時間越來越多，一個月難得有一兩趟生意，最後不得不替一些有特殊癖好的人或團體從事奇趣詭異的攝影工作。到所謂的靈異地方，例如鬼屋、幽靈車、船，或大災難及命案現場等。甚至隨幽浮或ＥＴ研究團體到南美的阿根廷、巴西及智利等國去拍攝地外文明來訪地球的紀錄，這些由特殊興趣富豪們組成基金會支持的社團，可以有足夠的經費讓也有些瘋狂傾向的吳缺有才得償所願，去發揮他的才華。

一拍即合的契機，讓吳缺有才得到一次為期二年的合約，先到巴西雨林拍攝當地土著的民俗及風土人情和一些奇珍異獸，另外隨時待命到阿根廷等地去拍攝幽浮來訪的鏡頭。

在巴西的雨林裡，吳缺有才接觸到原始人、事、物的簡樸，他享受到人類最純真的感情交往，不像文明社會的爾虞我詐。所以他的作品呈現出野性樸實的特色，在基金會設立的博物舘展出時，廣受好評，所以基金會的社務委員決議聘他為藝術顧問，常駐南美洲各國去收集並拍攝各地的奇風異俗，作為博物館的專展之用。

吳缺有才終於可以大展宏圖了。

宛如是密林探險家一般，除了攝影，獵取美麗的景與物外，偶而也會遇到未曾與外界接觸過的土著，除了陌生產生的距離外，倒也沒有電影裡描寫的野蠻兇殘，乃至食人的情況，那種自成一格的雛型社會，倒也成了吳缺有才的桃花源了，特別是他個性中的時間觀，在雨林裡的生涯裡得到了徹底的解脫。

遠離文明的束縛，擺脫社會規章形成的時間壓力，讓他享受了所謂非文明世界的自由。

這種愉悅在接到基金會的通知，到智利去等待可能出現幽浮的地區時，暫告一個段落。

到了智利首都聖地亞哥後，馬上跟當地幽浮及外星人的研究社團接觸，發現智利的確是一個外星人出現頻繁的地區。

會談的席間，雙方特別對阿塔卡馬沙漠發現類似外星人的人形骸骨，作了充分的探討，十五公分長、頭骨較大堅硬、頭頂有尖銳的突出狀，他不是胎兒，骨骼的發展約七八歲的兒童，其基因約百分之九與人類不同，阿塔卡馬沙漠是地表最乾燥地區之一，對屍骸保存相當有利，內部的器官如心、肺仍有殘餘，僅有九根肋骨與人類的十二根不同，由於已呈天然的木乃伊化了，故對考據及探索是否是外星人的遺骸十分有利，會中也提到其他並非外星人的反證，如侏儒症或畸形胎兒等……

會議中並談到其他地理的突變現象，如大湖一夜之間乾枯等等，來佐證幽浮來訪的跡象。

由於基金會邀請幾位與會者明年全程免費招待到台灣參訪，故對我們在智利尋訪幽浮的計畫十分熱心。

吳缺有才也在這次的拍攝中有不同凡響的奇遇。

隨後的一些日子，隨著當地ＥＴ研究團體到可能幽浮出沒有的地區等候，也順便觀光與拍攝智利當地的民俗風采，特別是印地安土著的許多奇風異俗更是他獵取的目標。

就在他沉緬在拍攝的快樂中時，突然當地的陪同人員告訴他，我們的特遣隊及社團人員要到首都二百公里外的一個小鎮去待命，前一兩天有人目睹有類似幽浮出現在天空中，很可能會再度發生。

等我趕到時，大隊人馬已聚集在曠野中，紮好營等待了。

等了二天未見幽浮出現，第三天的清晨突然風雨交加，雷電齊閃，不管有沒有幽浮出現，吳缺有才覺得此刻的景象值得去拍攝，於是隻身向閃光處接近，奇幻的天象給了他諸多的靈感，詭異且變化莫測的景色中，風雷交加裡突然出了一個明朗的大光圈，一個似幽浮的圓盤浮在半空，他驚喜中不忘獵取鏡頭，正在他全神灌注工作時，一道光環向他籠罩過來，微熱的光波中，他被吸向圓盤似的幽浮中，然後一陣暈眩，不醒人事了。

吳缺有才在昏迷三天後，在一家設備先進的私人醫院的頭等病房甦醒過來，周邊擠滿關心的人，甚至包括了智利政府主管航太的相關人員，及美國大使館的官員，吳缺有才覺得納悶，但必然事出有因，不過他漸漸感到心知肚明了，必然是他被幽浮也就是大家所謂的飛碟捉走有關，為了避免麻煩，於是他採取一問三不知的態度，好在他平常就懶散慣了，裝起傻來也是有模有樣，第一關應付過去了，但等他出院恢復工作後，卻接到基金會的通知，鑒於他此次所拍攝的照片頗有價值及傳奇性，特別放一年的有薪假，並用公費保薦他到美國NASA去深造及研究外太空的攝影技術。

雖然高興，但吳缺有才卻也心裡有數，莫非基金會受到某方「強烈要求」的結果，豈非黃鼠狼給雞拜年，別有居心！

位於華盛頓特區的美國太空總署的總部，也就是大家熟知的NASA。充滿神祕的色彩，有關天文及外太空的傳聞，特別是幽浮，外星人及51特區等均會與NANA相關連。

吳缺有才不在乎的個性及隨遇而安的風格倒也符合接待他單位人員的脾氣，他與那位名叫泰戈爾的美籍印度裔官員一拍即合，很快就無話不談了。

說實在，原以為NANA當局會套他被幽禁在飛碟中遭遇的經過，但吳缺有才真叫有口難言，因為所謂的失蹤時間，據當時地面的人員告知僅僅六個小時，吳缺有才完全在沒有知覺狀況下，宛如睡一覺作夢而已，至於他被如何擺布，真的是蒙在鼓裡，他對泰戈爾據實以告，所以NASA當局就調整方法，替他做全身性醫療實驗，為期三個月的檢查，找不有任何身體不良的反應，只有在他的瞳孔上發現多了一層薄膜，而且已經結合一起，密不可分，以人類現有的醫學技術尚不容易達到如此的水準。

就這一部分引起了NASA高層的注意。

認為必定是外星人在他身上設了某種裝置，只是原因尚不明。

對這一部分，吳缺有才開始逐漸明白自己已經慢慢感受到特異功能的秉賦。

第一次感覺這種特殊能力的展現，是替泰戈爾照相後，在晚上連續作夢一週，夢中澈底得知泰戈爾的來龍去脈，所以說可以清楚呈現出前後五年被照相者的重要事蹟，特別是未來五年的命運發展，是外星人放置在吳缺有才身上的超能力，目前只能呈現事蹟發展的狀況，至於能不能改變事蹟的內容尚不可知，也許吳缺有才自己沒有能力操作，但替他裝置的外星人必然是可能有這種調整的設備。

如果一旦有不良意圖的個人或團體，知道可以預測被照相者未來五年的走向時，後果就不堪設想了。

吳缺有才也體會到讓任何人或團體得知他被外星人賦予的預知功能時，他的未來會面臨不可測的命運操弄，所以為了能繼續生存下去，他必須隱藏這項超能力，而且外星力量必然也要運用他作為馬前卒。

無從逃避的命運，吳缺有才覺得他被作弄了，原本好轉的人生竟然逆轉敗了。他是該哭還該笑呢？有時他也會想利用這項才能轟轟烈烈做一番驚人的舉動！

吳缺有才陷入全然的矛盾中……

當吳缺有才剛要決定自己的去向時，突然腦海中隱隱出現地球某地有自然災難發生的徵兆，顯示中東某兩國邊界將有強烈地震，造成嚴重的傷亡，由於不知如何因應，他沒有也不敢採取任何措施。

等到兩伊邊境發生地震造成數千人的死傷後，他頗為自責，他甚至認為可以提早預警，減少死傷，他願意接受外星力量的懲罰，即使自己的生命，也在所不惜。

吳缺有才自我遣責到連續數夜未眠後，突然某夜一上床就昏睡過去，夢中有他未學就聽得懂的非人類語言告知他，由於此次災變，他顯示對人間同類的愛心，他被委任為博愛使徒，可以替人類設法減低災害的程度及抵禦外來邪惡勢力，同時以後在他的手機裡會有專屬頻道，只有他能感應，頻道號碼為ET3434，不管他的手機有無電源，均能通知，為避免駭世驚俗，希望培養吳缺有才以傑出預言家的身分出現，更為了在華人社會建立知命度，他被賦予陰陽通的神奇。

數月之後，吳缺有才離開了NASA，在基金會也從顧問晉升儲備社務，派駐香港，同時透過公關公司把他抄作成學貫中西的大預言家，果然一炮而紅，也更名為無才居士。

無才居士先開闢影劇圈的市場，針對一些已有名氣的藝人先透露一些過去無傷大雅，但未為人知的小隱私，取得信服之後，再指點一二，未來一年中將有什麼樣的起伏，或新片是否賣座？或得什麼獎項？或身體健康的狀況，經過若干證實後，聲名鵲起。

對新入道者，則預測未來幾年的星運前途如何？

果然這種作法贏得影劇界的轟動，透過明星光環的加持，無才居士儼然成為一代大師。

當然他偶而也會對一些國際知名人士預言一二，藉以建立不同領域的聲望。

但是吳缺有才，現易名為無才居士、也不是沒有遭逢到麻煩及挑戰的，外星力量對地球而言有善心對待及懷有惡意的不同。

所以要挑戰他的暗中勢力亦復不少，明的匯集社會或學術界的不同階層圍攻他預言的荒謬，暗的則援用陰濕森冷之地的無主遊魂群伺機攻擊他。

例如某年無才居士回台度假，利用空檔去拜會他的人生導師江楓。晤談之餘到高雄澄清湖公園晨跑，連續幾天相安無事，某天江楓要到台中洽公，無才居士清晨五點一人去公園散步，回程時，陰陽交泰時刻，在湖潭旁遭遇一群惡鬼圍攻，外觀遍體無傷，但內臟卻頗有損傷。

他急快致電江楓，藉江楓的天賦神奇，在電話一端施法，幫他得脫難關，逃離惡靈的攻擊！

有鑒於此，無才居士決定向他外星力量投訴，瞭解攻擊他的是何方神聖？他們的目的何在？另要如何防禦？

無才居士從ET3434傳來的指令得到指示，敵對的外星力量正向地球入侵，所以無才居士才會面臨侵襲及挑釁，為此外星力量提供一些抵禦的武器及給予他穿越冥界的力量，使他得隨時預知是否有邪靈聚集，提早準備對抗。

原來外星力量的各種勢力不但在人類的世界布有各自的暗樁，有些甚至深入冥界及妖精界，所以無才居士有時也要與這兩個境界互通有無，這時他發現地球同時存在多次元的層級，除了有特殊使命的生物外，各具有自己的邊界，不能輕易跨越，否則地球就會陷入多次元交雜的混亂局面，後果是不堪設想的。

就像那次無才居士在澄清湖公園裡遇襲經過，就可見其端倪。

那天暮秋凌晨，天氣仍是黯暗時刻，無才居士獨自一人走在澄清湖畔步道，空氣清新的曦光下，突然一團黑影自九曲橋下的水底逐漸向他圍攏過來。

不知道是什麼樣的惡靈，一團黑幽幽的煙霧中，彷彿有數不清的眼睛，發出慘綠色的光，那種陰深的恐怖的光芒會不時射向無才居士，他的身上就像被熾熱的火燙到一樣，瞬間皮膚開始潰爛，痛不欲生，但過不了多久，就恢復原狀，但痛楚的感覺卻在皮膚裡層衍生，久久不能消除，無才居士痛得不斷在草地上翻滾，這時頓然感到自己是大意失荊州了，只是前些天與江楓老師一齊時，卻無事，還記得江老師一再交待道：「你是有秉賦的人，邪魔外道特別喜歡測試你，我直覺感到有奇怪的靈體在窺視著，單獨一個人，你最好不要在這裡出現。」

言猶在耳，就發生了此種遭遇，於是他即刻撥電話向江老師求援，不待他說話，電話那端就傳來：「楚河漢界，各有領域，不準逾越，無天旨者，闖越邊境，必遭雷轟。」

當無才居士將這句話重複一遍，對著黑色的幽靈們說，霎那天邊閃出一道光，黑霧立即遁去，無才居士才逃脫死亡的災難。

事後他向外星力量請示，江楓究竟是何方神聖，為何有如此功力？

得到的回答是天機不可洩漏！

當然他直覺的開始感受到，人類的界域裡有不少奇人異士混跡其中，各有其自己的背景力量，也各有特殊任務，不到緊要關頭，不會曝露身分，所以無才居士感到人外有人、天外有天，驕傲之態開始收斂。

經過十五年的預言家生涯後，無才居士已經譽滿東南亞了，在國際間也頗受敬重，但他也有些遺憾，沒有婚姻，當然也就沒有子女了。

常說有捨就有得，就是說為得到預言的秉賦，他要捨棄做一個正常男人的功能。所以年紀將近五十，他已經萌生退意了，名聲、財富不缺，受到社會各界的器重，但……

因此他向外界宣布，暫時閉關潛修二年。

他決定到尼泊爾及西藏一帶尋找新的靈魂灌頂。

無才居士一抵達西藏的拉薩時，就感到回到母親懷抱般的適暢，彷彿有股力量驅使他立刻去參拜布達拉宮，這種衝動一直到踏上宮門的階梯時方才平復。

於是他驀然覺悟到自己回到了心靈的故鄉。

他立刻求見執事的接待喇嘛，說明自己來意及感受。

他也立刻被允許送到一個簡陋的方室，進行淨身修行，為期十天。

修行期間每日一餐，過午不食。

除了打坐冥思外，就是瀏覽藏文佛經，很奇妙的，不懂藏文的他，竟能理解經文的內容。

於是無才居士在潛修期間經歷了一個新的體念及試練。

在沒有日夜標示的方室內，無燈無光，無才居士的眼睛卻能看得見佛經的藏文，而且休憩時壁上會浮現有關藏傳佛教的起源、傳播、發揚光大，及未來西方淨土歡樂的見聞。最後也出現了有關無才居士的前世今生的演變。

原來無才居士前三世的第一世，是一隻峨眉山的猴子，因為到萬年寺的一棵樹上，在普賢菩薩座前，聽方丈大師講經因而得道，故第二世降生為人，一輩子務農，雖不富裕，但樂善好施，夏天奉茶，冬天施粥，所以第三世成為一個富家子弟，平平凡凡，不好不壞，但從小唸經禮佛，故下輩子降生為吳缺，讓他歷經諸多波折，方可從一隻靈猴真正蛻變為佛門中人。

無才居士終於覺悟到自己的生命歷程，為何如此多變！

十天的閉關期滿，掌堂的喇嘛接見他，訓示他如果真暸解了自己的前世今生，他還要歷經最後一劫，也就是要做一次大功德，方可大功告成。

經掌堂喇嘛指示，無才居士要往泰國普吉島，因為自從南海大海嘯發生後，那片地區寃魂密布，邪靈猖獗，需有自我犧牲精神的人去改變現況。

無才居士澈底領悟到，自己的前三世及今生的遭遇後，內心下了斷然的決定，要抱著一死的決心去解救被邪靈控制的殘死冤魂。

當無才居士帶領子弟們到普吉島時，發現環海的小島群上，冤魂散布海上，這些冤魂久受邪靈欺壓，有苦無處可伸，一小部分也就不安分了，開始對運勢低的遊客下手，企圖找替身了。

當無才居士正為此煩惱之時，居處的窗戶被一陣風吹開，窗外一群邪靈在飄來飄去，同時大門也被推開，一個看起來很溫文儒雅，戴著金邊眼鏡的中年紳士走了進來，微笑的自我介紹：「我姓龍，排行三，你可以叫我龍三，這一帶的海陸生靈均由我管轄，跟你的啟蒙喇嘛——布達拉宮的掌堂也是好友，他知會我說你會來拜訪我，我特來迎接。」

對龍三的拜會，他有疑惑，打開了ET3434，手機上顯示了：「有人要侵襲你！速退，容後再圖吧！」

無才居士發出訊問：「原因何在？」

「你的存在打破了鬼神兩界的均勢！你必然要被消除！」

他突然醒悟了，似乎他成了一個籌碼，他該如何做才對？無才居士仰首星空，遙對拉薩方向祈禱，轉身又面對著龍三。

他該如何自處？

終於下定決心！把喇嘛給他的護身天珠打碎，一古腦的撲向龍三，讓天地間最大的仲裁決定吧！

無才居士用自己的生命打破了被命定角色。

柳樹下的提燈女

那棵柳樹可以說是風姿綽約，不知道它歷經了多少歲月，聽祖父說他小的時候就被他的祖父抱在懷中，跟朋友們在柳樹下喝茶、聊天，可見證這樹有很大的年紀了。垂下的枝葉被溪水拖曳著，形成一道道的水流，也可以看到一些魚漫遊在水波中，煞是悠閒，夏天裡總有許多兒童在樹下嬉戲，一到夜晚三五老人家就在樹下泡茶、抽菸閒話家常，無論桑麻。

但從祖父那一代起，家中的長輩就禁止小孩入夜到柳樹下去玩了。到底什麼原因？家中人都噤若寒蟬，都不敢道起。

記得有一次小姑姑講話時，不小心說了一句「提燈女」，就被祖父打了一個耳光，我看在眼裡，十分驚嚇，平常祖父是最疼這位嬌嬌女的。

晚上睡覺前，最寵我的阿母磨不過我的一再請求，也只說：「以後在阿公面前不要提這三個字，那是一段傷心的往事，你阿公心裡難過啊！」

聽她這麼一說，我也就不敢再問了！

聽說阿公在三歲時就沒有阿母照顧，幸虧他的阿爸是鎮上的名醫，發跡的早，所以從小就有奶媽照顧，童年倒也不算不幸福，加以是獨子，親友們對他寵愛有加，一直到上學時，才感覺到自己跟別人不一樣，他沒有阿母，問奶媽及家中其他人，都跟阿爸的答案一樣，阿母過身了。

從我阿母斷斷續續的講話中得知，我的曾祖年輕時長得很緣投（英俊），但小時家中很窮，替人家放牛，放牧時常會把牛趕到水塘裡，然後偷偷地到曾祖母家，她父親教書的私塾外，靠在窗戶上，聽講《唐詩三百首》，起先只覺得老師唸詩時，音韻很好聽，不知不覺跟著心中默念，所以他會唸一些唐詩，但不完全瞭解詩的含意。

這個在窗外偷學的舉動被私塾老師的女兒——阿露妹看到了，她告訴自己阿爸，於是老塾師特別注意這個好學的放牛小孩。

特別是有一次天下著大雨時，老塾師看到小牧童被雨淋的全身濕透了，動了惻隱之心，於是叫他進到講堂一起聽課。

從此這位叫林千田的小牧童，他的命運有了迴然不同的改變。

由於林千田天資聰慧，是塊讀書的料，加上大他二歲的阿露妹在旁用心指導，林千田的學識一日千里，已從目不識丁變為求知欲旺盛的美少年，阿露妹更是一位亭亭玉立的美紅顏，而且被他父親的漢學同窗增田博士聘為研究漢文古籍的助理，正在徵求老同學同意，一齊到東京帝大協助他出版和漢古文學的影響比較。增田對《聊齋》及《剪燈新話》等怪異文學與日本的三大怪談小說的《皿屋敷》、《四谷怪談》及《牡丹燈籠》的同異及影響，有非常精闢的研究。

老塾師原是當地的望族，頗富田產，但他淡薄名利。田地分租給各佃農，自己帶著從小失去母愛的阿露妹辦一所小私塾及一所漢學研究院，增田博士也是該研究院合辦人。

老塾師原則同意阿露妹到日本去，但要求博士也帶林千田到東京求學，去之前，希望林千田與阿露妹先訂婚。

於是就在那棵大樹飄起滿天飛舞的柳絮時，阿露妹及林千田辦完訂婚儀式後，就隨著增田博士到東京去了。

增田博士在帝大附近租了一棟別墅，給阿露妹及林千田準備了一個大房間，其餘就留給自己及尚在讀高校的女兒櫻子。

剛到東京，由於阿露妹他們第一次到這個都市，一切好奇及陌生，於是課餘之時，櫻子就成了最佳的導遊。

林千田經過一年的考前輔導及櫻子的日語補習，居然與櫻子一齊考上了帝大醫科，阿露妹也順利成了增田博士編制內的助理。

日子在季節的更替中，很快度過了求學生涯。

在幸與不幸的輪替中，櫻子與千田開始在醫院實習了，阿露妹在阿爸二年前過世時，提早回台照顧後事，增田博士也因為工作過勞，在退休後半年也過世了，連續二年兩位老人家離開了人世。

悲喜的人生遭遇讓千田及阿露妹夫妻及櫻子更緊密的相守相惜。

於是千田決定回到台灣行醫，也邀櫻子同行。

千田與櫻子要開診所在鎮上引起了莫大的轟動，咸認是一個造福鄉里的好消息，特別是由留學日本帝國大學畢業的醫學士來主持，更有日本女醫生來負責婦科部門。

所以鎮上的日本官員及士紳都來道賀，場面十分盛大。

鎮裡的鄉親對千田由放牛小子成為名醫，莫不投以羨慕的眼光，也對阿露妹及他阿爸的眼光表示由衷的欽佩。
每當老柳樹揚起一陣飛絮的時刻，櫻子都會準備涼粉及紅豆湯年糕來招待附近的鄰居，所以櫻子在鄰里間頗受稱道，沒有因為她是日本人而疏離，加上已經有幾十個小嬰兒是櫻子接生的，所以有些鄉親常以為櫻子是先生娘，其實千田與櫻子在日本一齊求學時便情愫暗生，礙以增田博士及阿露妹的關係，不好公開。
回到台灣後，由於在診所共同工作的關係，更是情感益熾，加以阿露妹結婚多年未有生育，千田與櫻子的親蜜關係已是欲蓋彌彰了，阿露妹不是不知道，只是自己沒有替丈夫生有一男半女，就隱忍下來了。
但是櫻子懷孕的消息打破了平衡的默契。
那天，千田乘櫻子在接生的時候，回到家裡，懷著忐忑的心情想要向阿露妹說明。
在晚飯桌上，看到阿露妹陰沉的臉色，想說又開不了口。
「傳聞是真的嗎？」阿露妹不忍心地看著他。
千田不斷的表示：「請原諒！」
「其實我在東京時就看出你跟櫻子之間不尋常的端倪，」阿露妹神色淡然的，彷佛在訴說一件別人的事：「怕鬧開了，讓博士知道了，會影響你的求學。」

千田感恩的握著她手：「我這一輩子受你們父女的照顧太多了，真的辜負了妳。」

「算了！我嫁你這麼多年，沒有小孩，讓林家無後，也是愧對你家的祖先，這樣吧！把櫻子娶進門，我們姐妹相稱吧！」阿露妹神色哀淒但沒有落淚的妥協了。

櫻子接到通知，立刻趕回家，跟千田一起跪在阿露妹的跟前……

一場風波算是暫時平息了。

在櫻子生下孩子，也就是我的祖父林中日後的半年時，增田博士及阿露妹共同的研究成果，獲得日本文部省的特別獎勵，阿露妹被邀到東京去領獎。

回到台灣後，自然是賀客盈門，也不免被要求說些得獎述作的經過及內容。

這一年來心緒低落的阿露妹覺得熱鬧一下也好，於是籌備了日華怪異小說的比較座談會，那天的會場布置、茶及茶品均是別出心裁的，主題是日本怪談小說《牡丹燈籠》和《剪燈新話》中的〈牡丹燈記〉的相互關係。

介紹了三遊亭圓朝改編〈牡丹燈記〉及〈渭塘奇遇記〉作為日本相聲《牡丹燈

籠》始末。

阿露妹的發表引起參與者諸多討論，一直到午夜方休。

因有奶媽照顧嬰兒，櫻子當然也就全程參與了。

櫻子對《牡丹燈籠》的劇情是熟悉的，小時在日本也看過鄉戲的演出，但她生性膽小，喜歡看又不敢。

阿露妹在座談中也看出了櫻子的弱點，所以在討論中幽了自己一默說：「自己叫阿露妹，也跟《牡丹燈籠》中的女主角阿露同名，希望遭遇不要一樣。」

說這話時她瞥見千田及櫻子臉色有異樣的表情。

於是她心生一計，要求與會的人士移駕到屋前的大柳樹下繼續討論。

暑月的夜晚八時，月華正濃，從柳葉中照下來，宛如置身在天堂，清風徐來，讓眾人沐浴在良辰美景中，不忍散去。

但櫻子卻脫身說要照顧孩子，先行離去，只留下千田參與，驀然阿露妹嘴角泛起了詭異的冷笑。

自從參與了阿露妹的座談會後，櫻子感到心裡有揮不去的陰霾，說出不原因，但

阿露與阿露妹的聯想彷彿是有點關係的，接連幾夜夢見有女子提著燈籠出現，前一兩夜看不清楚女子的面容，但後來的夢中竟然是阿露的臉，不！是阿露妹的臉。

櫻子在驚夢中醒來，恐懼不已！

抱著千田痛哭，但不敢說出夢的真相。

櫻子原以為只是一時受到那天座談會裡，《牡丹燈籠》裡的情節的渲染作用，過幾天就好了，即使有幾天的惡夢，時間過了，就會復原的。

哪裡知道，有一天晚上她被嬰兒的哭聲吵醒了，以為奶媽睡熟了，沒有注意到孩子尿尿了。

同床的千田睡得很熟，她獨自到奶媽房中去看一看，孩子與奶媽都睡得很好，以為自己過敏，於是準備回房繼續入睡，正回身時，從玻璃窗中一眼瞥到柳樹下有一個女子在徘徊，手裡提著一只白色的燈籠，昏黃的燭火透過白色燈紙發出淒幽幽的慘光，在風吹柳葉婆娑的光影下，顯得十分詭譎。

原本膽小的櫻子在如此的氛圍下，嚇得六神無主。

就在這當兒，樹下提燈的女子突然抬頭朝櫻子的方向望去，彷彿是清朝的裝束，慘白的臉上一對露出綠光的眼睛滿是怨恨。

櫻子看到這種景象，不覺雙腿一軟，倒了下去。

當櫻子醒來的時候，看到千田及阿露妹焦急地看著她，櫻子放聲哭泣，阿露妹抱著她，忙安慰她，櫻子像看到親人似的更覺委曲，於是大哭起來。

為了抒解櫻子的壓力，最後決定由阿露妹陪同櫻子到日本去旅行，散散心思。

孩子暫由奶媽看顧，櫻子和阿露妹兩人一同到京都去，去看看金閣寺、東西本願寺，去參拜古剎領悟一些方外之道，或到鴨川去品味美食，或到些不知名的私家庭院或寺廟去探幽訪勝，每每都有意想不到的收獲，十天的行程很快就要度過，櫻子的精神也漸漸恢復，在回台灣的前夕，櫻子在京都的一位遠房的親戚在家中設宴款待。

席中有數位未曾謀面的親友也來送行，其中有位是中年的僧人，法號無心，是個不忌酒食的修行者，看到櫻子及阿露妹，臉色驀然一變說道：「好相！才貌驚人，惜哉！惜哉！」

正要追問時，主人忙把話岔開：「無心師父喝多了！大家泡茶去！」

櫻子還想問時，無心唸了一句：「阿彌陀佛，不爭不取、即是得。放下吧！喫茶去！」

這位頗有禪味的師父留了玄機。

櫻子與阿露妹各有不同的領悟！

臨上飛機前，櫻子跟阿露妹各自收到無心師父偈語的函件一份。

給櫻子的偈語是：「得就是不得，還了還了，就還吧！幻。」

給阿露妹的偈語是：「得雖得，還是不得，就不要得，空。」

櫻子跟阿露妹各自把自己的偈語拿給對方看，相視一笑，但內心卻各自沉重。

回到台灣，兩個女人都企圖要平靜下來，櫻子內心的恐懼稍微減退一些，只是無心師父的偈話卻帶給她一些空泛的聯想。

阿露妹倒是看得很開，不過最後一個空也點出了一些徵兆。

千田看到她們從日本回來，特別是櫻子氣色好了不少，十分欣慰。只是聽到她們講述無心師父的偈語時，心頭有些沉重，但隨即說：「空得好！幻得妙，照見五蘊皆空，度一劫苦厄，魔由心生，看空，幻即滅，一切平安自如！」

櫻子聽到千田的解釋，頓時開懷起來，阿露妹卻不置可否的笑了一下。

這樣平靜的過了半年，有一天櫻子替一位急診的婦科病人作了一個大手術，到十點才離開醫院，千田剛好到台北去參加一個醫學會議，不克回來，所以櫻子就只好一個人返家，剛要走到大柳樹前時，驀然一點微弱的白光從柳條深處闖了出來，無聲無息出現了一個白衣長髮的女子，提了一只燈籠一閃而過。

櫻子被這突如其來的詭異影像，嚇得大叫起來，驚動了家裡的人，阿露妹第一個跑過來，抱著櫻子：「阿妹怎麼了！」

櫻子已嚇得語無倫次了，用日語呢喃著：「燈籠！阿露提著燈籠出現了！」

阿露妹即刻通知千田趕回來，在千田及阿露妹悉心的照顧下，櫻子昏迷一週後，終於甦醒過來，但神智依然不清，只信任千田，對阿露妹及家裡的女性均持驚戒及排拒的態度，這種情形持續了二個月，千田在精神與體力上都支撐不住了，於是決定把她送到療養院。

在療養院半年多，櫻子的症狀，時好時壞，千田不忍櫻子受這樣的折磨，終於決定把她送到日本，請他們當年在醫學院的老師們幫忙會診。

於是櫻子就在東京帝大的附屬醫院裡繼續治療。

每隔半個月，千田會用電報詢問櫻子的病情，得到的答案似乎不太樂觀。千田的臉色也越來越沉鬱了，同時對阿露妹也冷淡起來，言語中似乎怪罪她舉辦的座談會衍生了如此多的事故。

阿露妹默默地承受這種待遇，而把全部的心力去照顧中日——櫻子快二歲的兒子，千田也就不好意思再怪了！

櫻子遠在日本治療，但千田醫院的規模因林大夫的醫術卓越，也發展成中型醫院，成為新苗地區的佼佼者。

阿露妹也就自然而然成為千田醫院的行政主管，快三歲的中日就由奶媽一手帶大。

在中日三歲生日後的一週，東京千田帝大的老師打了一個電報：「櫻子因病過世，臨終神情安詳，遵其個人意願，火化後葬於其父墓旁。請千田君節哀，保重！師字。」

千田自然痛不欲生，但彷彿替自己與櫻子都鬆了一口氣，總算解脫了。

有鑒於生命的無常，千田開始寫日記了，並補敘從小牧童到成為千田醫院院長的過程，當然也把成長中的點點滴滴一一記載，同時包含了二次大柳樹下夢魘般提燈女的詭異出現。

倒是阿露妹保持一貫冷靜的態度，不喜不悲，與千田保持了禮貌性的恩愛。

千田也以為他就這樣懸壺濟世，平淡的過一生。

豈料意想不到的事件又發生了。

就在千田醫院慶祝成立五週年慶時，身為年輕又傑出院長的林千田自然喝多了一些酒，阿露妹也有點半醉，等服侍好丈夫就寢後，酒後的燥熱反而讓她無法入眠，泡了一杯茶，在起居室的搖椅上躺一躺，回想這些年的變化，宛如一場夢，對自己的忍辱及反擊也頗有自得，不覺得想吶喊一下，如果不怎麼樣……今晚享受不到院長夫人的光采，不自覺的又高興的叫了一聲，終於驚動了奶媽，奶媽走出房來看究竟，看到阿露妹彷彿很高興的在跳舞。

不知所以的她以為窗外有什麼好看或好笑的事，那知朝戶外一看，嚇得她跌坐在地板上，朝著窗外的大柳樹叫喊著：「鬼！太太！快看日本女鬼！」

阿露妹聞言馬上朝大柳樹望下去，只見蒼鬱的柳條葉影裡，宛如日本鄉劇中《牡丹燈籠》裡女主角阿露打扮的模樣，提著燈在柳樹下穿梭的走著。

阿露妹心頭一怔，誰在惡作劇？

她仔細的再一看，那個日本江戶時代裝束的女子朝她一瞪，是阿露！不！是櫻子的臉！

阿露妹喏喏的吐出幾個字：「櫻子！不要怪我，我也不知道為什麼會這樣？也許是前世的孽吧！」

說過眼前一黑，就倒了下去，再沒有醒來了……

後記

千田遭逢如此的際遇，彷彿一切都看淡了，他把千田醫院的股份開放給院中的醫生及其他員工，自己保留一小部分，把院長職位辭掉，專心行醫，遂成為當時外科界的名醫，由於心中的塊壘無法消除，鬱鬱寡歡的生活著，並請奶媽好好照顧中日，不希望他再行醫，回頭務農，後來中日、我阿公成為名重一時的農業專家。

千田曾祖活到五十八歲就英年早逝了，臨終前把阿公及奶媽叫到跟前，拿出日記給阿公，叫他仔細研讀，俾將來後世子孫中有文才者，可撰寫成小說，並將一些不為人知的事蹟告訴了阿公，在我父親這一代，後輩中沒有人具有阿公認為的才華，所以他把希望放在孫輩中，我大概是阿公的寄望，所以在他逝世前特別召喚父親和我到病床前告知此事，盼能完成他的心願，最後也透露了他的迷惑！三次出現在大柳樹的提燈女子究竟是真？是幻？他的確無從給答案！

魂斷離恨天

江湖老師是五術界新昇起的一顆慧星，但他年紀不小了，剛過五十歲，年輕時做過海員，四海為家，五大洲三大洋均闖蕩過，在航海時，面對一望無際的海洋，頓感到人類的渺小，命運鬼神之念油然而生，所以在寂寞的海上生涯中，開始研究起命相之學，例如易經、子平、斗數、手面相，乃至姓名學、星座學、觀星術等，無不一一涉及，另外像中外的古籍傳奇，如搜神記及占星術等亦有深入研究，這些潛心研究剛好填補了他孤獨航海的時空。

另外藉航海之便，他瀏覽及拜訪過各地算命攤位，諸如印度的古老觀人術、非洲的獸骨卜卦，當然也不會錯過吉卜賽人的水晶球觀命術。

十多年的研究，他發現人命運變化的不可思議。

所以他對不可思議的事漸漸開始司空見慣了，唯一讓他費解的事件，是他的船停靠海地太子港時，目睹死了的人再度復活的巫術。

於是他感到世事無常，命運變化莫測，他更潛心研究命理之說，想要一探人在宇宙中是怎樣的位階？

終於他決定自海上退休，然後再花三年的時間去遍訪華人世界裡的古剎大廟，並探訪一些奇士能人，探討人命運的運作及走向。

在自覺有些小成就時，遂取名江湖，在香港掛牌，並以一天只算一人號召，一個月只預約二十人，潤金高達港幣壹萬元，除了命運年程的指點外，也可協助消除流年中的劫難，甚至鬼魅附身的清理。

因此一經報章雜誌及網路披露後，江湖頓然成為網紅。

江湖先生不江湖
疑難雜症等閒事
鬼靈附身一指除
魅影遁去光明現

這樣的江湖傳說，果然把江湖形塑成無所不能之士了。

在媒體及有心人的口碑下，江湖在命理界闖出了一片天，雖然靠五術的運作，累積了不少財富，但航海生涯中養成節儉的習慣，讓他沒有窮人乍富想要炫耀的粗鄙，不浪費加上他很會理財，於是他低調的設立一座孤兒院，救濟因故失養的兒童，默默地行善，他常想自己洩漏天機太多，恐遭天界的遣責，同時又得罪因救人而破壞了邪靈們的勾當，恐遭這些異類的報復，因此他把累積的財富，有系統的去從事各種慈善活動，以增福報。

不知道是否是冥冥中的果報關係，江湖的名氣在華人世界更聲名鵲起，上至達官富豪，下及販夫走卒，均以被江湖批過命為榮，所以現在的他十分忙碌，常日夜奔波在東南亞的各大機場之間，朋友及弟子均勸他乾脆買或租一架私人飛機，因應繁忙的旅程，他總以過分炫富而拒絕，最多只在搭機時從經濟艙改為商務艙。

在忙碌的命理及風水工作生涯中，江湖穿梭在不同的大小機場，乘坐過各式飛機，噴射式的、螺旋槳的，大的可乘坐幾百人的，也有小到幾個人座位的，奔波在大都會間，自不在話下，但有時更會到高山峻嶺中，或到大海中的孤島，麻煩江湖解決問題的人士，包羅萬像，隱退失意的政客，逃亡的軍事獨裁者，企圖東山再起的企業大佬等等。

縱有危險，他都能事先卜卦，占占吉凶，只要沒有生命災難，他是不會推辭的，他需要更多的財富，來拓展他的慈善事業，除了香港的孤兒院擴大規模外，在大陸雲貴及東南亞各國都辦有慈善機構。

雖然也有善心人士的捐助，但大部分經費是由他負責的，故只要出價得宜，他都不惜窮山惡水的險阻，戰亂兵災的危險，都會勇往直前。

個中當然遇到過不少的困難，飛機迫降的驚險，冰雪封山被困路途達數日之久的厄運，總之仗著他精巧的命理推斷，一一化險為安。

說實在的，江湖也不是天不怕地不懼的人，但走了這一途，無法避免不去沾神弄鬼，再兇險的人地事物，他一定要去涉足，去替人解決問題，所以就算害怕，也要裝著若無其事，特別是到文明不太夠的國度去辦理命理之事，會遇到全然不可思議的事。

江湖回想起，他到非洲某一個國家的部落，替一位年輕在大陸求過學，篤信中國命理之說的酋長看看八字、批批流年，並順便參考一下土王宮殿的風水，這位土王頗有機會登上該小國的皇帝之位。

由於老皇帝已在垂暮之年，但角逐大位的部落土王也不在少數，且各顯神通，所以江湖就被重金禮聘去擔當籌劃之重任，酬勞不少，風險也很大，但對生性愛冒險的江湖是有很大的吸引力。

說對冒險生涯有吸引力，毋寧說江湖另有打算，他有個想法，盼利用此次輔佐登基的成功，能有足夠的財力及勢力，建立在非洲慈善事業的橋頭堡。

但他不是個沽名釣譽的人，特別是為善不欲人知的個性，讓他不致於太引起世人對他這方面的關注，而造成身分認知的混淆。

非洲有些國家因鑽石或石油的蘊藏引起內戰，或兩國甚至國際的爭執，更因種族的不同相互殺戮，所以江湖有時要穿越不同軍閥的占領區域，生命隨時有喪失的危險，雖說他有命理推算的才華，但重大如對自己生死的預測，仍有失手的可能。人畢竟不能完全勝天。

非洲大陸的巫醫是頗令人敬畏恐懼的，傳說他們不但能讓已死的人或動物再度復活，還能役使他們從事殘害生靈的舉動。

所以酋長的巫醫也替江湖的居處設下了防禦的措施，江湖尊重酋長的善意，但他不完全相信，他自己排過自己此行的流年，及自己輔佐任務的成敗，都是有驚無險。

所以他認為為期半年的時間，他和酋長都能完成心願，但……

在老皇帝彌留的當天，江湖告知酋長要捷足先登，預作準備，所以酋長已在老皇寢宮布置了部落戰士，果然在江湖建議及策劃下，奪得了先機，搶先登上了統治全國的位子。

不過就在登基的當晚，慶祝酒宴剛結束，新皇及江湖和巫醫們正在籌劃如何克服二個不認輸的部落時。

突然他們議事的居處被圍了，但不是不服部落的軍隊。

而是非洲地區部落人民最恐懼的豹人軍。

豹人顧名其義是豹的野性及人的智慧結合成鬼魅似的生物。

隨著戰鼓勾魂攝魄般的聲波，黑暗的午夜裡數不清碧綠色的眼睛從四面八方圍攏過來，間而聽到部落戰士被豹人獵殺的慘叫聲，也聽到一些豹人掉入巫醫設立的陷阱中的嘶吼聲，無星月的黯黑中，恐怖的吼叫聲響及碧綠的懾人眼神形成煉獄般的景象，即便見識過怪異現象不少的江湖，也為之心神有些不寧，特別是突破過巫醫布置陷阱的部分豹人，隨著鼓聲的變化，開始人立起來，漸漸蛻變成豹頭人身的模樣，宛如冥界的陰兵。

看到新皇及巫醫們面現恐慌之色時，江湖拿出笛子道：「莫驚！看我施法。」隨著笛聲，隱藏議事堂周邊的戰士拿起預先準備的樹木，開始布置預練過熟悉的陣法，完成之後，迅速遁去。

只見豹人們陷在陣中，到處亂闖，就是接近不了議事廳，挨過幾個時辰後，只要天一亮，豹人會變為普通的豹，就可獵捕了。

這一役讓江湖在這個小國輕易結束了內戰的危機，也獲得新皇的信任及敬佩。於是在新皇帝的贊助及推廣下，江湖在非洲新的慈善事業據點於焉展開了。

到江湖六十歲生日前幾天，星馬的信徒聯名邀請他到沙巴的古晉去度假慶生，難推辭的盛情，於是在新加坡會面，約五十位信徒一起到古晉遊覽，並與當地十位的同好，共同替江湖老師暖壽。

在歡度生日宴後，古晉的朋友建議陪老師作一次北婆羅州探祕之旅。

由於費時約十數日，故參加人不多，包括江湖在內約有七人共襄盛舉。

這次北婆之旅，也算是江湖遭遇的驚悚事件之一。

北婆羅州在馬來西亞國境內，大家相約從古晉，一個海外華人較多的城市出發，去探訪雨林中伊班族的生活區域，伊班族的聚落是一排排的高腳長屋，由於森林中午後多雨，瞬間的雨勢會造成小小的洪流，所以長屋是分為二層的建築，低層阻隔水氣，也成為養牧畜類的處所，高層是伊班人居住之室，分內外二部，外部是公共活動區，類似陽台，但是各屋相聯，十幾戶聯結在一起，戶與戶的外部沒有間隔，長長的聯在一起，故稱長屋，內室屬各家私有，伊班族以前是獵人頭的，有些人家還保存古老的人頭木乃伊，在沒有水電的環境，黯黑的天光下，充滿詭異的氛圍，也許是在沒有電視、電子用品的非文明社會的點綴吧。

江湖對伊班族的各項傳奇事務頗感興趣，透過翻譯，追問探究的十分用心，特別對古伊班族獵人頭的習俗，更是問的巨細靡遺。

在伊班族嚮導帶領下，進入了雨林深處，嚮導告訴大家說，有犀鳥飛翔處，必有婆羅州犀牛聚集，可惜因為趕路，無法停下來觀察，但有時可以看到紅毛猩猩好奇的在樹叢裡窺視他們，聽說森林中有雲豹出沒，但導遊告訴大家要看機緣了，不過倒看到幾隻婆婆羅州金貓出沒。

勾起江湖興趣的，倒是藏匿在雨林深處未開化的伊班人，是否仍有獵人頭的習俗？

由於這一份好奇心，江湖差一點無法回到文明世界。

由於婆羅州是世界第三大島，面積約76萬平方公里，除了濱臨南海的汶萊外大部分地區由馬來西亞及印尼兩國分據，印尼占有三分之二的面績，稱為加里曼丹島。大部分地區未經開發，熱帶雨林占地遼闊，小部分未開化的伊班族常遊走在兩國的邊境，所以江湖等這群信眾回去了，盤算一下最近三個月沒有重要的客戶來請教，於是索性宣布自己閉關三個月，命理之事由弟子代理。

然後飛到沙巴，與原先講妥的伊班嚮導會面，然後一起出發，向雨林前進。

伊班嚮導果然熟門熟路，加上江湖對伊班族的知識頗有涉獵，故與嚮導古浪十分投緣。所以古浪就十分盡心幫江湖出力，用了所有的關係，讓他得知一群約五十人的伊班族正從印尼東加里曼丹省的雨林向馬來西亞的邊境移動，於是古浪帶領江湖向邊境移動，企圖能碰到異想不到的奇遇。

說是異想不到的奇遇，但也是奇禍，就在古浪與江湖在雨林中的一條小河裡尋找飲水的時候，古浪突然叫到：「江湖兄，你看有燒過的木柴，及食物的殘餚，應該有人在上游炊食煮東西，不知是伊班人還是跟我們一樣的探險家？

頓然疲勞的身體有了精神，他們急忙往河的上游趕去，漸漸聽到人聲，古浪叫著小心，不要弄出聲音，慢慢感覺到有小孩的哭叫聲。

這時正在前面探視的古浪突然大叫：「江湖、快逃，然後身體一古腦栽入河中，河面浮起一片血水，突然前面出現兩三個赤身露體土人、手拿著不知什麼做的尖矛，朝江湖射過來，土人們一面叫一面追過來，江湖連忙朝林木深處逃去。」

不知道跑了多久，實在太累了，倒在一處草叢就昏睡過去了。

也不知過了多久，江湖醒了過來，天上灰沉沉的，下著大雨，不是夜裡，應該是下午的時分，再看看手錶是午後三點，這樣算來，已經睡了一天一夜了，身上裸露的部分被螞蟻咬的紅腫一片，所幸身上的背包還在，忙找防蟲液擦一擦，紅腫疼痛稍為減緩一下。

幸好地圖、羅盤還在，望遠鏡逃跑的時候掉了，萬用刀及水壺還在，太陽能電池也還可正常運作，但水壺裡的水流光了。手機信號微弱，沒有作用，最重要的一小包熱帶雨林中必備的藥品還有一些。二只打火機及煙斗和二包煙絲也在，由於乾糧是古浪背負的，所以他只有二包餅干及幾片巧克力，彷彿得救了，滿足的鬆了一口氣！江湖哪裡知道厄運正要開始了。

因為他必須在食物用罄之前，被別的探險隊找到，或者撐到十天約定回到古晉的期限，算來他必須再挨五天，等古晉的朋友來救援。這些都是最理想的計算，只是世事是否能如此順利呢？

為了瞭解此次的探訪，行前他作過自己的命運的推算，今年的流年是擎羊當值，有兇險，但遇到兵則劫過，江湖認為自己會有驚無險，但命理界有個不成文的傳聞，算別人很準，但論自己的命則要打折扣，所以江湖心裡還是不踏實，因此他還是用魯賓遜漂流記的心理，去思考如何在雨林裡求生存，首先他決定不到最緊急關頭，不使用二包餅干及巧克力，儘量使用雨林中可以食用的水果。

熱帶雨林中有的是野生的山竹、榴槤等水果，可以充飢，並用水壺接午後的大雨作飲用水。

他用水果及雨水苦掙了兩天，白天就用羅盤及晚上用星斗對照地圖尋找有人煙的地方，但絕望的感覺逐漸在心底升起，所幸他用抽菸斗來平息不安的心理。

但時間一天天過去了，到第五天，也就是離開古晉的第十天，他又燃起絕望中的希望，只是二天過後，離開古晉的第十二天，他又陷入逐漸失望的境界，於是他打第一包餅干，大口吃了二塊，然後大哭一場。

面臨不可知命運的撥弄，雖然江湖通曉命理，但在這遠離文明的天地裡，沒有人，無論敵與友可以周旋的寂寂時空裡，孤獨感油然昇起，無名的怨親債主驀地出現了，每一棵樹、都代表因自己參與命理交鋒而產生的人事物，不知道過去的作為，是否全然秉持公正的，驀然的自我懷疑產生了心理的否定，腦海一片混亂，過去的歲月宛如影片倒帶，一一呈現。

迴旋的時光，陷自己到一種無法自控的境界，到了第二十五天，江湖把二包餅干及幾片巧克力吃光了。

探索又探索。望不完的叢林，一座座在眼前消失，又重新出現了，許多奇怪的動物現身在周遭，但他無心去觀賞研究了，只想離開這片雨林。

江湖感到自己全身發燙，也許是病了，突然覺得太泰然了，然後一陣昏暈倒了下去。

醒來，看到古浪焦急的眼光，江湖以為自己不在人世了，看到江湖狐疑的表情，古浪急忙道：「感謝老天！你終於醒了，昏迷了三天，對了，我受到矛刺傷，跌落河中，也不知漂了多久，被部落裡的伊班同胞救了起來，療養幾天後，被送到古晉，知道救援隊出動過，無功而退，但我檢查手機裡有過你的訊號，打回去沒有回應，我聽你說過，遇兵而解，就往有軍隊駐紮的地方去搜尋，找了幾處無線索，正在失望之時，捕捉逃獄人犯的軍警聯合搜索隊捉到了一位昏迷的逃犯，我趕過來看看可否打探到你的消息，發現原來就是你，林會長也趕來了，正與警方說明你的身分。」

江湖得救了，結束一個月命中的磨難，也證實他自己命理推斷的高超。

經過一次次人生劫難的考驗，雖然他天賦異秉，老天給了他如此的才能，他應該最好不要太洩露天機，但江湖認為自己努力行善，就是要替世人作些事，所以洩露些許天機，應屬無妨，事實上有件事也證明他是得到上天庇佑的，記得二年前，他應邀替東南亞某國一位已被推翻總理級的政要論命，看看能否東山再起？在他搭最後一班飛機去赴約，到機場Check-in的時候，櫃台人員告知他，他的機位在一小時前被人電話通知取消了。

經交涉無效後，只得等第二天再設法了，誰知這班機要到達目的地的前一小時，偏離航道，墜落在不知名的地區，迄今尚未尋獲。

同時三天後那位邀請他的政要，在住處被放置的炸彈爆炸遇害了。

江湖一連逃過二劫，不可不說命運對他的禮遇，但也可以說是一種警告。

從此他就開始退辭一些不必要的邀約，對外宣布要擇期退隱了，除非不得不的、或推辭不掉的邀請。

這次的劫難，事實上他推算的命盤裡是有此一劫的，但程度卻超過他的預期，雖

無軀體的傷害，但心靈的打擊頗大，他真的萌生退意了，想好好去享受人生，最好可以放棄預知自己未來的能力，過一段完全與人無爭的歲月。

但千算萬算不若老天一算。

一個能洩漏天機的人，是注定要付出些什麼的，除非他是個野狐禪。所以江湖以為他的劫難過去了。

但……

有人說人生因未知而精彩，江湖突然體會到個中的滋味，固然人因突如其來的災禍難過，但也會為不告而至的幸福雀躍，所以說享受應有的快樂，接受要來的不悅。

因此江湖對以後自己的行止，不作命理吉凶的推算，一切順其自然了。

也因為這樣，不受預知命運走向的煎熬，讓江湖能夠快樂自如的接受應有的哀樂。

幾許悠哉無愁的歲月，讓江湖確實享受到衷心的快樂。

直到有一天，他的一位方外之交圓寂，他得悉後，急著要去瞻仰最後遺容，急忙訂機位趕到馬來西亞的吉隆坡，然後轉赴怡保。

機位已滿，聽說臨時有開加班機！他想試試運氣，弟子送他到機場時，出境大廳空無一人，弟子建議說還是明天再設法吧！

江湖卻一反平日的常態，執意要試試看，觀看了一會，突然有一個櫃台臨時亮燈，要開櫃辦理赴馬來西亞的加班機報到手續。

弟子幫忙辦好手續，卻對師父稟報，最好改搭明天的班次。

弟子說櫃台人員神色不對，有種說不出的怪異。

江湖笑著對弟子說：「人家臨時加班，神情當然不愉。」

就這樣，江湖搭上這班機走了。

第二天吉隆坡的接機人員，打電話來說接不到江湖大師，詢問是否改搭了別的班機。

等到了雙方機場的櫃台都查不到江湖搭乘的班機時，大家開始緊張了，但把登機證號碼輸入電腦查證後，發現竟是二年前那班失事飛機的登機證號碼，再仔細一查那張登機證的號碼是補位的，原先的乘客是江湖，因故取消，江湖在二年前的確逃過失事飛機的一劫。

但鬼使神差的，失事飛機的登機證號碼仍然記錄著江湖。

江湖到底坐上了飛機沒有？是午夜的幽靈飛機？還是另外的地外文明的飛機？雷同的登機證號碼是個怎樣的暗示？

江湖到底是生是死？

留給大家一個難測的謎……

深海幽靈

從小我生長在澎湖群島之一的望安島，望安是群島中第四大島，人口只有五千多人，大多數人是靠打魚為生，極少務農，全島地勢平坦，農作生長不易，故多靠著草地放牧養羊，大部分居民生活很貧苦，對外的聯絡除了漁船外，就是平時定期及颱風季節不定期的交通船。

除此以外，全島應該是一個封閉的海上孤島，或可稱作海上樂園，在沒有什麼娛樂的年代，聽退休的老漁人，如阿港伯，講大海裡發生的故事是我們這群「猴細嬰仔」最快樂的事。

阿港伯已經七十開外了，年輕時擔任過遠洋漁船的大領隊，到過南海、巴士海峽，及南太平洋作業過，有些資產，算得上是望安島上有頭臉的人，老婆早逝，獨養兒子帶著全家搬到馬公，在阿港伯投資的遊覽船公司擔任經理，每當農曆年會全家到祖厝來過春節，其餘時刻，阿港伯就從事他的文石彫刻打發時間，到了晚上，他視力不好，就點了電石燈，把十幾個村裡的猴嬰仔召到他家裡的大客廳，聽他開講，他興致來時，就會叫他的啞吧小養女阿春，拿一些兒子從馬公帶回來的糖果分享大家，除了阿港伯的故事詭異動人外，他的甜食更是吸引大家來的原因。

在阿港伯講述的故事裡最跟大家有關連的傳奇故事，是久病在床的老人家，特別女性患者，常在半夜裡從床上掙扎的爬起來，去尋找海上打魚失事的丈夫或兒子，然後在海浪中滅頂。

我的跟班兼小學五年級同班同學阿旺，也是我阿爸的學生，但他不是讀書的料，成績在班上總是殿後，也是令老師頭痛的學生，但他身體很健壯，是標準的海上男兒，我們常到海邊潛水、捉魚及摸海螺。

但阿港伯的故事引起了阿旺另一層的擔心，因為阿旺的三嬸婆目前臥病在床多年，特別最近也出現了阿港伯所說故事出事前的一些徵兆。

因此阿旺回去就跟他阿母說了這件事，他阿爸跟阿伯、阿叔一齊出海，所以受過初中教育的阿旺母，就成為家裡主中饋的主婦。

阿旺母為了防止三嬸婆發生事故，就在她的房間外加上門鎖！

但被三嬸婆知道後，大發雷霆，不得以只好不加鎖，沒想到一週後，三嬸婆就走到海裡自滅了。

由於這件事的發生，島上的居民對阿港伯更敬佩！除了鄉長外，他的話大家都開始奉為圭臬，所以晚上的聽眾也增加了一些成人。

於是阿港伯開始調整了他故事的深度，慢慢講到澎湖海域所發生的詭譎情節，特別海底沉船衍生的驚悚傳說。

阿港伯說澎湖海域跟百慕達海域是全球最危險恐佈的地區，所以有關澎湖海域的傳奇是相當令人心驚膽破的。

由於在菲律賓外海成功打撈起二戰時，被日本潛艇擊沉的美國商船，有意想不到財物上的收獲，國際間興起了一陣海底尋寶熱，也連帶影響到台灣。

許多外籍的尋寶專家接踵來到馬公，引起了一些轟動，這些訊息也傳到望安，島上的一些好動的傢伙，不能免俗的參與了這波活動，結果村裡的財旺和阿德開了小竹筏一齊到將軍澳嶼的海域，用簡陋的潛水工具潛到海底去尋寶，幾次試潛後，沒有收獲，最後準備收工回航之時，阿德用竹簍隨手裝了一簍海底泥，哪知浮上來後，倒在竹筏上，意外發現幾枚外國銀幣，他們看不懂外國文字，回到望安，找到我阿爸，他查了字典發現是西班牙文字，二枚一元銀幣，一枚不知何國的銀幣，總之是不錯的收獲。

消息一經曝光，引起島上的尋寶熱。

這個得寶也帶來了島上一陣短暫的熱鬧，外國尋寶者陸續到望安試試運氣。過兩三個月，沒有收獲者失望離去，只有一兩個人堅持著找下去，又二個月過去，最後一個堅持者也離開了，島上的居民倒是賺了一些出海與居住及補給的費用。

有人問阿港伯的看法，他嘆了一口氣道：

「花掉一些錢，沒有收獲，算是好運，你們知道嗎？如果有些許寶物的收成，反而要付出代價的！那些海底的幽魂承受了幾百年不能轉世的痛苦，所有怒氣會附著被人拿走的物品上，那種報復是可怕的。」

於是馬上有同村的人說：「那財旺及阿德要遭殃了。」

「那要看他們的造化？」阿港伯嘆了一口氣。

突然我感到一陣恐懼，阿爸也會有池魚之殃嗎？

財旺的造化果然不怎麼好！把三枚銀幣賣給了來望安尋寶空手而回的老外，得錢台幣伍萬元，在當時彷彿中了四分之一的愛國獎券特獎，跟阿德每人各分二萬伍千元，財旺乍得橫財，有點興高彩烈，不免飽暖思淫慾起來，到馬公流留在酒家數天不思回望安，到了第五天喝醉酒時，與其他酒客起了衝突，互毆之下，不幸被刺死。算是第一個受害者。消息傳到望安，阿德驚嚇得不知所措，找到阿港伯求救，阿港伯也想不出辦法，只好問他：「錢還在嗎？」

阿德說：「我存在家，不敢花！」

「那你用這些錢去善事，一分錢都不能留，馬上到民眾服務站或廟裡去捐錢！」阿德滿口答應，但回到家，心裡有點不捨，遲遲沒有動作，第三天夜裡，他不知何故掉到村前的地塘，早上被人發現時已回天乏術了。

聽到這個消息，我嚇得連課也不上了，忙拉著阿爸去找阿港伯，其實阿港伯是阿爸的恩人，阿爸能有今天，是在他資助下到馬公讀師範，才能在國小任教，並擔任教務主任。

阿港伯安慰阿爸說：「你是無心的，也沒有從中獲得好處，不會有事的，我也幫你向媽祖請求保佑的。」

回到家，阿爸似乎並不太焦急，但我很害怕，除阿媽外，還有家裡的阿母及兩個弟弟和一個妹妹都要靠阿爸撫養的，他不能有意外。

我急忙到媽祖宮去拜拜，請媽祖保佑阿爸，所有的災難由我全部承擔。

所幸一年多過去了，我阿爸並沒有發生什麼意外，我也升上初中了，又和阿旺同班，他的讀書天資不夠，每次考試都在我幫助下才能及格，但他是一個在海邊游泳戲水的好玩伴，身體矯健，在水中宛如一條蛟龍，他也很會徒手捉魚，所以我們常在海灘上烤魚。

平常白天除上課外，下課後就悠哉悠哉到海邊去捉魚戲水，晚上就一同到阿港伯那兒去聆聽另一個空間的傳奇。

由於財旺及阿德的遭遇，阿港伯的談話也集中在澎湖海域的各種奇詭的傳聞。特別經過那片海域或空域常發生飛機失事及船難的時代。

時光荏苒，國中畢業後，我到馬公讀高中，阿旺就用竹筏釣魚供應餐廳使用，我則每週會坐交通船回望安，一到島上回家後，就夥同阿旺到阿港伯家去請安，有時帶些黑糖糕或花生糖孝敬他，他對我們一家都有恩，阿爸時代如此，到我更是資助我的學雜費，阿港伯還特別鼓勵我，希望我將來能到台灣去讀大學，並承諾所有花費由他負擔。

阿港伯每晚還是對村民們講古度時光，現在輪到我兩個弟弟也成為常客了。

當我跟阿旺去看他時，有時會留我們一齊吃午飯，飯後三個人一起泡茶，這時他會透露他在作船長時的一些奇遇，阿旺有一次問他有沒有看過美人魚，他竟然嚴肅的點點頭，然後拿起茶杯，陷入沉思，但沒有繼續說下去，結果話鋒一轉，又講到澎湖海底的傳奇了。

他告訴我們，年輕時他很喜歡潛水，常到海底去採珊瑚。

有一次他跟同伴福春下海時，遇到了相當不可思議的事。

那天他們倆的收獲不錯，正準備浮上去時，看到一群黑影向他們游過來，以為是魚群，正準備捉幾條帶回去，於是福春一馬當先游過去，但瞬間福春急速向海面上竄，並向他示意上升，但他沒有注意到，那些黑影竟然是十多個西洋人，有男有女，原先以為外國人來潛水，只是沒有戴水肺，穿的也不是現代衣著，等看清楚他們臉孔時，嚇得他想都不想急速向海面上逃離，爬上工作小船時，福春一臉恐懼，那種表情阿港伯是一輩子忘不了，同樣的阿港伯也表示了那是永遠難忘的恐怖記憶！

是怎樣一個令人驚嚇可怕的遭遇？阿港伯說的時候仍心有餘悸：

「迎面游過來的西洋男女，應該不算在游，而是在漫步，彷彿在宴會中跳舞，只是臉色鐵青，瞳孔發出慘綠色的光，正午的陽光透過海水照射下來，十分明亮、溫暖，但我感到全身發寒，特別當二十多隻慘綠盈盈的眼睛一齊投射過來時，心臟似乎要停止了。

事後我們去請教一些有考古背景的文史研究者，他們推測應該是十八世紀時，遇颱風沉沒的荷蘭商船。

不死的幽靈，不甘心就此魂歸離恨天，而在遇難的時空裡游蕩，不時出現在附近的海域。」

阿港伯談興正濃，喝了一口茶，繼續說下去：「聽說幽靈船回航的傳說嗎？」

「告訴你們，那不是傳說！就在我們澎湖發生過，是我祖父輩的老人家親口向我說的，由於事故者的後人目前尚在群島上生活，不便說出他們的姓氏及村落。

那應該在清朝的年代，有一艘漁船出海到巴士海峽打魚，一去經年未見回航，依攜帶的糧米來計算，約略二個月，最多撐三個月，但超過了一年未回來，肯定失事了。

大概三年後的一個傍晚，失蹤的船卻神祕地歸來了，連同船長十三人，一個不少，於是興高彩烈的各自回家，雖然一點漁貨都沒有，但回來就好！沒成家的就跟岸上的老友們去喝兩杯。

那曉得第二天凌晨，這十三個人都不見了，但船仍然泊在港內，大家上船探看，都嚇得驚聲尖叫，原來十三個人都成了一具具乾屍，死狀猙獰恐怖，顯然都是餓死的，不過奇怪的是三位羅漢腳口中，仍聞得出有酒味。

由於事情太過奇離，大家不敢亂處理，報官後，等官員來處置，只是再過一天，卻不見船影，又失踪了。」

阿旺迫不及待的問：「幽靈船到哪裡去了？」

阿港伯說：「不知道，雖然有漁人們說，偶而在海上起霧時會看到這艘船跟自己的船擦撞而過，卻沒有人敢去索賠！」

黃昏時刻，我們推辭了阿港伯留我們吃晚飯，出了門，阿旺說要請我去他供漁貨的餐廳喝一杯，有件奇異的事要問我！

「什麼怪事要告訴我，對了！剛剛為什麼不去問阿港伯呢？」

在酒過三巡之後，阿旺欲言又止的樣子，讓我有點不愉快，他大概也看出來，於是拿起桌上的一杯滿滿的米酒一飲而盡，對我說：「阿聰，我告訴你一個祕密，我可以看到那個東西，不知道是好是壞？」

「那你可以作桌頭了。」

「不好，我不喜歡。」

「什麼時候的事？上次沒聽你提起。」

他有點恍神的說：「一個月前，我出海到那個無人礁附近釣魚，一時興起，就潛到海底去玩玩，突然在一叢珊瑚旁看到一堆白色骨骸，游過去仔細一看，嚇一跳，竟是人骨一堆，有點不忍，就用死掉的珊瑚骨，幫他們堆成一墳包。

回家晚上就夢見有幾位古早外國人來謝我，嘰哩咕嚕說了一堆，完全聽沒！三天前就開始可以看到那些不存在的東西，就是鬼啦！嚇死人！」

我笑著說：「你現在是阿旺仙了。」

「莫啊呢講，你北驚死了！」

「走吧！去請教阿港伯，看伊怎樣講！」

「阿旺，今生你的秉賦不夠，讀書不成，在家鄉作個漁郎還可餬生，但現在你無意中作了善事，看起來被你埋葬的，不是西班牙就是荷蘭皇室的親王或貴族一類的人士。所以他們的念力，會讓你命運澈底改觀，恭喜你了。」

阿旺聽了半信半疑，但我替他高興，有善心的人必然有好報的。

阿港伯九十五歲高壽過世時，他的公子喜村叔通知我及在高雄工作的阿旺，阿港伯交待由我們三個人辦理後事，我已經是教授了，在幾個大學教財經，阿旺現在是一家打撈公司的老板，身家已有數億了，並成立一個慈善基金會委由我主持，喜村叔已退休，我阿爸現在擔任望安一個國小的校長，再過二年也要退休了。

經大家商議結果，遵照老人家的遺囑，火化後，將他的骨灰埋到澎湖海域的海底，永遠守護著這一片船隻的墳場。

這個任務由阿旺、我、我大弟三個人擔任。

選擇一個風和日麗的吉時，我們三個一齊下水，現在的潛水設備遠較過去進步多了。

當我們潛到海底時，開始用鏟子挖洞，埋好阿港伯的骨灰罈時，突然從東面的一角漂過來一大片海草，阿旺忙示意我和大弟離去，當我正要向海面上升時，腳跟被海草纏住，又彷彿看到一群古代的歐洲戰士衝過來，這時只看到阿旺一個人朝向海草叢裡猛揮手上鏟子，我和大弟一上船，馬上要求其他工作人員將縛有阿旺的繩子急忙拉起來，經過一陣努力，終於拉了起來。

拉上來的阿旺，已經呼吸停止了，大弟忙幫他作心肺復甦術，經過一陣搶救後，阿旺醒了過來，脫下他的潛水衣，發現身上東一塊、西一塊的紅腫，皮膚浮出一些血斑，可見受到很嚴重的攻擊，所以急忙回航送到縣立醫院搶救，所幸處置及時，挽回一命。

經二週的靜養，阿旺康復出院，為了答謝他捨命救我及大弟，我請阿旺小酌一番。

席間他對我說：「我只搶救你的命，大弟本來就沒有牽扯進去，那些海魅是等了幾十年，要捉你的，你是否記得替父償命的許願。」

我驀然想起小時候在媽祖宮祈禱保佑阿爸的事了。

阿旺終於鬆一口氣的說：「一切劫難都過去了，我也解脫了，這兩天夢見當初賜我神通的幽靈，把這種特異功能收回去了。」

我倆不覺會心一笑，望見水天一色的海平線，感到心中一片平和，把杯中的酒一口乾淨。

月魄

海上生明月
天涯共此時

每每沈華國在海邊散步徘徊時，看到天上的明月照在海面上，捲起千堆雪的情景，免不了會吟起這兩句詩。

更會想起與他共賞明月的楓南，如今她會飄泊在天涯何處？芳踪未卜。

沈華國是個多情的男子，對楓南更是情深似海，但楓南占有欲太強，兩人相處常為一些芝麻小事而爭執，且因為彼此個性倔強，誰都不肯認輸，有一次楓南更是為華國收到的某個莫名的曖昧簡訊生氣，嫉妒之餘，竟不告而別。

無從辯白的寃枉，也讓華國執意不去尋找，於是他們兩人的戀情有了意想不到的曲折離奇發展……

沈華國是淡水捷運輕軌興建的工程師，隻身北上，原本有員工宿舍，但他生性好靜，於是在淡水海濱租了一間小農舍，裝潢整理一番，竟可媲美營業的民宿，他愛花及植被，更兼愛寫詩及音樂，拉小提琴也算是一把好手。

工程的興建期約有三年，所以他真的把海邊小屋當作長久居住之宅，甚至也想把它買下來。

因此工餘或輪休長假時，他會約一些喜愛詩與音樂同好者，到他的小屋小聚，或煮煮咖啡、或喝喝小酒，興來拉一曲舒伯特，或吟一段自己寫的小詩，楓南就是某個已經出國深造同學帶來的朋友，初見沒有什麼特別印象，也許是同學的女友，不便多注意，後來同學帶來真正的未婚妻時，發現錯過了一些時光，楓南有些許矜持，或者說是驕傲，不太主動搭理別人，特別是男性。

某次華國拉一首小夜曲時，小屋外的沙灘在月光照耀下，襯著波平如鏡的海面，令人不知不覺陶醉其間，所有的人都寂靜無聲，楓南突然在曲罷之時，吟唱了：

海上生明月

天涯共此時

剎那華國發現他找到了知音。

沈華國不僅找到了興趣的同好，也尋尋覓覓到心靈的寄託。

楓南是淡水一間大學外文系的講師，通曉中外文學，且擅長彈古箏及琵琶。所以在以後的聚會中，楓南也變成了要角。有時她古箏或琵琶獨奏，或吟唱古詩詞，有時與學國樂的同好合奏，偶而華國的用小提琴替她伴奏，聽她高歌一曲。

就這樣鸞鳳和鳴了。

陷入熱戀中的情侶也不是一帆風順的，華國與楓南算是在群聚中出類拔萃的，所以各有暗中的仰慕者。華國個性較不拘小節，加以談吐幽默，又喜歡隨興寫詩送人，或為任何人彈奏一曲，在在引起別人的對號入座及楓南的不愉。

楓南則對其他愛慕者全然不假辭色。

不同的應對招致彼此的不調適，當調適不對時就有口角滋生了，久而久之，偏見就無形中產生了。

說實在的，孤傲的楓南有她可愛的地方，對眾人與小動物深具愛心，喜歡幫助人，是那種如果身上只有一百塊錢，看到路旁有需要的人，可以全數掏出來幫助人，而自己寧肯餓肚子，喝杯水快樂唱歌回家的。

但她對某些觀念的固執態度也令人有些受不了。所以她美麗但不太親和的形象，令人與她保持某種距離。

華國雖然不太好動，但他也算是那種喜歡高朋滿座，斯人獨憔悴的氛圍，而不是獨坐幽篁裡，悠然見南山的自樂。

所以他並不希望楓南不太合群的個性，造成這群朋友間的某種疏離感，難免在言語間有些許埋怨的情緒出現，而楓南對華國不羈的與女性詩詞唱和也頗有微辭，再加上一兩位暗中待獵者伺機破壞，僵局就漸漸形成了。

造成壓垮駱駝的最後一根稻草，是楓南自己推介入聚會的閨密——亞蘭，論姿色，她與楓南分庭抗禮，不過她擅長公關，言語溫柔分明，與她對談的人，感受到尊重的溫馨，即使是吃虧的要求，也樂於答應！

所以當楓南跟華國冷戰的當兒，亞蘭就乘虛而入，但她是個有心機的女人，不要說心機了，說是有計謀的女人應該不為過，她對華國僅僅說了一句話：「楓南懂得攻擊是最佳的防禦。」

華國起先有些不懂，深思之後，終於了解了。

亞蘭還怕華國不明白她的譬喻，又說了一則伊索寓言：

狐狸偷吃了狗碗中的食物，怕被知道，就告訴狗說，我剛剛看到牛、羊及馬到你的屋中進出，不知道發生了什麼事？

狗馬上說，我碗裡的肉不見了，你們有看到嗎？

你有看到誰到過你的房中？

從這裡去思考！

狗一想：對啊！

狗開始懷疑起牛、羊及馬，覺得很生氣，想去理論。

貓在旁邊問他：你碗裡是放什麼？

肉啊！

貓說：他們誰會吃肉？

狗一想對啊！

貓說：你該知道了，誰偷吃你碗中的肉？

狗罵道：惡人先告狀！

於是狗衝上把狐狸咬死了。

亞蘭銜著華國一笑：「瞭解嗎？」

亞蘭的譬喻，讓華國對楓南的內心想法有了不同的體認，逐漸有了些扞格。雖然不是嚴重到貌合神離，但不像熱戀時那麼推心置腹，無所不談了。

特別在亞蘭隱約說到楓南在大學時代是個風靡全校的美女，有許多愛慕者跟在後面追逐，就在最耀眼的時刻，她休學了，聽說到美國去進修語文，這就是為什麼她的英語說得那麼流利！

但是也有一個謠傳說她到美國去待產，有人看到疑似楓南的女子出入待產中心。不管真假，亞蘭不經意的透露此種訊息，用心不言而喻了。

華國雖不在意這傳聞，但他介意她的誠信，特別不喜歡她故作清高狀，用道德的光環去評估別人，而自己卻……

當然心高氣傲的楓南，受不了華國雖不明言但暗喻性的質問，頭也不甩的就不再出席華國小屋的聚會了，彷彿是在等待一個可能也不可能的道歉，最後聽到亞蘭漸漸成為小屋的女主人時，在澈底失望下，決定遠走高飛了，她跟系主任請了長假，隻身赴內蒙古，跟一個遊牧團隊去過自我放逐的生活，並替大陸及港台的華文報章及雜誌寫些旅遊報導。

一篇題名《泳在瀚海裡的大戈壁》連載報導驚動了華人文壇，被譽為近年來最出色的報導文學。

楓南在寫作傑出的表現，在華國心裡多少引起了一些波瀾，看到華國的表情，亞蘭心中隱隱有些不快，於是她要讓楓南在華國心中的印像完全摧毀。

有一天亞蘭把一些她與楓南一起讀書、任教時合照的相本簿故意不小心遺落在小屋，等二天後才去尋找，華國問了一句話：「楓南跟她的小孩照片是真的嗎？」

亞蘭知道華國這樣問，她的計劃算是成功了，華國沒有進一步問，亞蘭也不再說什麼！

彷佛美女的樣貌都相差不大，說實在的亞蘭與楓南遠看還真像姐妹。

華國自認不是笨蛋，照片可能是合成的，但他的個性也算是怪咖，不願多去深究，認為真與假時間會證明一切的。

於是亞蘭認為她的算計應該是過關了，她認為照片只要不是合成的，就不會穿幫！

照片真的不是合成的！而是一位與楓南長得有九成類似的同事（楓南與這位同事

也是認識的），與她自已小孩的合照。

當年求學時代，三人雖是先後入學，但長得相像又同在文學院，所以自然玩在一起，故被稱為青春三姐妹，畢業後楓南與亞蘭繼續深造，最年長的一位就在學校教務處服務，然後結婚生子。

用盡心機的亞蘭以為這場愛情攻防戰，她已經是穩操勝券了，所以驕縱的本性顯露，開始要主導沈華國的生活了，剛開始基於男人的氣度，華國不予計較，但亞蘭越來越干涉他的交友與寫作，華國有藏不住的心底抱怨，但畢竟忍住了。

於是他開始宣告，不想讓楓南獨領風騷於前，他也開始提起筆寫作了，把一週的小屋聚會改為半個月，當然跟亞蘭在一起的時間也減少了，華國在文學上的天分是不須贅述的，楓南的提筆還是他鼓勵的，作為一個土木工程師，他是不想浪費時間在這塊領域上的。

但此刻，錯綜的情況讓他自然而然陷入了。

沈華國以華夏為筆名的小說，情場上的獨白，果然讓世人見識到他的文學才華，一時洛陽紙貴，躍登暢銷書排行榜前五名達數週之久。

雖然剛開始寫作的動機，是為了減少與亞蘭相處的時光，但寫作的時候，亞蘭反而照顧他的一切生活起居，甚至開車接送他上下班。

相處的時光更緊密，而且怕影響華國寫作的思緒，亞蘭變得較收斂，不再嘮叨，兩人在相處上反而較融洽了。

於是華國再接再勵，寫作速度快手的他，二個月後就出了第二本小說《愛河流域》，又創造了個人寫作生涯的高鋒，《愛河流域》登上暢銷書排行榜冠軍達數週之久。

為了專心寫作，他向工程公司請了一年長假。

為了不想讓人認為他只會寫情愛小說，於是他要逐漸提高內容的深度，但在調適之間陷入關卡，遷就世俗的價值還是闡述自己真正的觀點？於是霹靂快手變成慢郎中，文稿一面寫一面刪，每天度字如年。

墜入文字煉獄的沈華國，換了一個人似的，開始脾氣暴躁，動輒罵人，這時亞蘭就成了受氣包了。

約莫二個月過去了，《愛河流域》的發行量一版再版，不斷暢銷。報章、雜誌及網路爭相推崇華夏的天分，並將他與楓南評為年度最傑出的男女作家。

亞蘭對華國與楓南的相片並列出現，有相當程度的不滿，但卻無可奈何。

此時華國真正情況是不樂觀的，亞蘭只能壓制下自己的情緒，一面安慰華國，一面設法找出解決的辦法。

她想到此刻只能求助於非人力的保佑了。

她到地方頗有神通的廟宇去求神明的指點，擲筊得到的結果是到觀音山上的墓園去尋求答案……

亞蘭一想到午夜時刻登上觀音山的墓園，心裡立刻蒙上陰霾，況且必須一個人上山，雖然在愛情力量的驅使下，曾在黃昏時刻驅車過關渡橋，但往觀音山的入口公路駛去時，天色漸晚，月光下的山路顯得十分陰沉，特別兩旁的樹影婆娑在路面上渲染出不同的詭譎畫面，更令她心驚膽顫，尤其是看到山路上有三三兩兩的流浪狗出沒，鬱綠色的眼睛裡散放出說不出的奇異光暈，她毫不思索的放棄上墓園的打算。

經過幾次失敗的嘗試，她終於暫時放棄了。於是塔羅牌、紫薇斗數、卜卦及八字論命都試過了，但都未見成效。

不得已情況下，亞蘭只能重新走回老路，再到墓園試一試！

在無計可施的狀況下，她想起從前讀教會學校時的老校工老何，十多年了，不知他是否還健在？算算現在已有七十開外了。

跑到學校打聽，老何已在七年前退休了，目前在觀音山麓租了一塊地，闢個果蔬園，種些百香果、番茄、柳丁之類的水果打發時間。

等亞蘭找到他時，他正在農舍裡休息，邊抽菸邊喝茶，十年未見的老何，看不出他有什麼老態，他是雲南的苗族，觀音山林的環境對他而言，是最適合不過了。

亞蘭說明來意，老何思考一會，然後一口答應，但他有個條件，如果亞蘭沒有特別的想法，就用他苗族的巫術施法。

在農曆十六月亮最圓的時刻，老何跟亞蘭徒步走到觀音山山腰的墓園，那裡青松挺立，月華如水，煞是優美，山中夜裡景色，確實令人難忘，但是兩個人有任務在身，心情放鬆不下。

老何帶著公雞、華國的內衣褲及一些禳鬼禳巫的法器，來到一處墓地，從墓碑看上去是剛下葬的新墳，年齡不大，是一位二十八歲的女性。

亞蘭由於完全不懂，插不上手，躲在一排樹後，任由老何施法。

約莫一個時辰後，等老何收拾好法具，亞蘭包了個二萬元的紅包給老何，老何不肯全收，只拿了一半，剩下的錢請亞蘭用無名氏捐給養老院即可。

施完術後，老何對亞蘭說：「不要心急，這是座新墳，法力要慢慢展現，七天後就看得到效應，但禍福有時要看求助者的心性，不過放心，一般來說，求助者心誠，都會得到好的保佑，不過每年清明前後不要忘了祭拜一番。」

果不其然，十天後華國連續作了幾天的夢，夢中一位披著印度沙麗的女子，嫵媚溫婉的對他說：「你的才華是屬世界的，所以建議你到印度一遊，沐浴一下恆河之水，讓那裡的生靈為你加持。

不用懷疑，你向我求助，我一定保佑你！我不是印度人，我生在尼泊爾，信奉婆羅門教，濕婆是我們的主神。

你以後到了印度，就會知曉如何祭典我。

我認為你要提升自己的文學深度，你會成為一代大家的。」

基於各種因素的催促及配合，華國終於踏上了印度之行，原本亞蘭要陪同去，但大學剛開學，不方便請假。

到了加爾各達，等待赴恆河的瓦拉納西去尋求新的啟示時，他驀然感應到恆河裡的生靈向他發出某種徵兆。

於是他拿起筆，不自覺的寫下恆河之歌。

縱雨落停歇
恆河之水仍永不枯乾
帶著千古的靈魂們通往安息之處
悟從塵埃裡解脫
遁入濁流中洗滌
縱生命曾在苦難中掙扎
隨濁浪飄泊的靈魂將得到永恆的靜
恆河的沙粒啊
像天上的星群
照拂著子民的心身
當紅塵裡的悲歡離合遠去之時
世上的一切榮辱
將不再是記掛
澈底的永生
必然沉澱在恆河的水底

過去對印度的記憶，僅僅是詩人泰戈爾及恆河的神祕。

而恆河的記掛在有知識以來，就在心底留痕，喜歡那個恆字，對河的本身倒沒有任何感受。

喜歡有時是沒有原因的，無論對恆河的報導是貶是褒，都不影響他對它的感受。

總覺得它是通往生命歸宿、靈魂再生之處。

印度種姓制度造成了眾生的不平等，但也衍生了佛教及婆羅門教的發揚光大。

有關恆河的傳說也如它的沙粒一般的多，有智慧的，有哲理的，有幽默的，有笑鬧的，有嘲諷的等等。

但無論如何，恆河在他思緒中是一條通往永恆的智慧之河。

華國的詩裡道出他原始的靈魂裡，對恆河的認知，他決定按照指示，在恆河邊紮營，苦修二個月，在苦寂的紅塵裡去尋覓人性的本源，及天人合一的境界。

聽當地的印度教信徒說互拉納西是通往天堂的入口，所以華國就依照習俗，每日清晨在恆河全身浸入河水中沐浴三次，並把恆河底的泥土蓋在頭上，使自己的靈智提昇，進入不同凡響的境界。

華國依據苦修的戒律，要數日不飲不食，但對生活在紅塵日久的人，無法遵照，於是改為每日一餐，過午不食。

在恆河邊每天都可以看到裹著屍布的浮屍漂過，生與死在一線之間的衝擊，的確讓華國有莫大的感受。

苦修一個月後，他對生與死，名與利，有澈底的醒悟。

原本要成名的意願逐漸看淡了，認為到世上一遊，人只是過客。

二個月修練，讓他澈底了悟了人世的無常，愛情的虛幻。

華國原本潛在內心深處的靈突然大澈悟了。

於是感到喜馬拉亞山的冰封深處有一種聲音呼喚著他。

他斷然決定赴尼泊爾一行。

到了加德滿都，華國彷彿回到失落已久的故土。

那位在觀音山殞落入葬的尼泊爾女子，漢名叫那姬，是命定她要在台灣吸引華國到加德滿都的嗎？不知道，天命不可測！

像是久別相逢的朋友，那姬竟然活生生出現在機場，拿著接人指引牌出現，上面用中文繁體字寫著：淡水觀音山故人那姬迎接沈華國到尼泊爾靈修。

晤談之下，那姬是有神通之人，她已潛修若千年了，在觀音山的詐死，是特別為了迎接華國到故里再應塵世一劫。

在眼神交會之間，已然全盤了解前世今生的緣由。

在那姬、亞蘭及楓南之間，沈華國的未來的走向。要如何因應呢？

前時已了矣，今生不可測，來世難預料！

看中天明月晶瑩，映在水塘裡蕩漾，及印在眸子裡的留痕，要如何辨別誰真誰幻？只能當作南柯一夢吧！

縱聰慧如神仙，只要涉入情域中，都分不出方向了，一若駿馬奔騰，方向感不明，是永遠跑不到終點的。

就在華國與那姬從加德滿都繞道到拉薩，準備從中國大陸回台灣時，在北京機場華航同班班機上意外遇到了楓南，介紹那姬與楓南彼此認識後，兩個人臉上的表情顯得很奇特，也很複雜。

楓南坐在商務艙的A1，華國與那姬坐在C1C2，飛機起飛後，楓南不斷藉故起身上洗手間或去拿報紙及雜誌，楓南的目光一直注視著那姬。

突然那姬拿出一串手珠給華國，叫他戴上，然後輕聲說：「你的前女友身影古怪，有邪靈附身，或者她本身就是靈。」

對那姬的提示，華國是信服的，在加德滿都的幾個月中，兩人已建立了亦師亦友的關係了，見識過那姬的神通後，對於她對楓南的說法，雖有些狐疑，但還是聽進去了。

從這幾個月寫作的文章水準看來，雖然進度很慢，但初稿寄給亞蘭託她送到出版社，大家都寄以厚望，雖還沒有付梓，但只要一出書，一定會讓人刮目相看。

所以華國感受到那姬的神通，一連串從恆河到加德滿都，明的及暗中的指導已建立了口碑。

所以那姬暗示楓南已在大戈壁碰到沙塵暴遇害一事，他並沒有完全不相信，只是太怪誕了，不過世上有太多不可思議的事，對楓南的不幸勾起了舊情，他有點不忍，不自覺的站了起來，拿起一盒機上買的巧克力，走上前送給楓南：「記得妳一直喜歡這個牌子巧克力吧！」

楓南用充滿哀怨的眼神看著華國。

到了桃園機場，要下飛機走過空橋時，卻看不到楓南，華國彷彿忘了那姬的警告，還想去約楓南改天一起聚一聚。

出了海關，卻看不到亞蘭，說好來接機的，等了好一會，亞蘭的妹妹亞菊打手機給華國說：「姐姐去接你時，在高速公路上出了車禍，所乘的計程車不慎跌落五公尺下的邊坡，姐姐已送林口長庚，我現在醫院裡。」

華國跟那姬急忙趕到長庚，看到亞菊焦急的站在急診室外，說亞蘭頭部重傷，正在搶救中。

據只受輕傷的司機說：「車禍是因為行駛中，躲避一個突然出現的東西，不知動物還是其他的東西，車就衝下邊坡去。」

經過二個鐘頭，醫生走出急診室說：「暫時生命保住了，但傷者意識模糊，還要觀察幾天。」華國轉身求助那姬，那姬一臉嚴肅的表示，楓南來報復了，也許飛機上你的善意舉動可能讓事情還有些挽回的希望。

我詫異看著她，她接著說：「飛機上我們看到是幻覺，但楓南心靈還是可以感應到你的情意，或許會放手的。」

後記

亞蘭的性命保住了，但腦部重創後的後遺症卻好不了，她的神智時而清醒，時而糊塗。

楓南在大戈壁遇難的消息也證實了。

對楓南與亞蘭的恩恩怨怨，華國難以置喙，一個有愛，一個有恩，但都對他深情。

華國的創作在文壇上有了舉足輕重的地位，但他卻看淡了。

華國發誓一輩子照顧亞蘭，不再談婚姻了。

同時為了答謝那姬，戮力助她推廣印度教在台灣的宣教工作。

對楓南，每逢她的祭日，他都會齋戒一天，紀念她。

花顏醒

等待了一甲子
她沉睡了的靈魂終於甦醒
嫣紅添上她的臉頰
再塗上些胭脂
讓傾圮的城廓
古老的柳樹下
也有了美麗的迴盪
古箏的弦已斷
但我依然可聽到她心底的幽怨
突如其來的悱惻

古老的歷史再度如火鳥般復活
但我嚮往的情愫
只能停留在小樓一隅
冷葉飄零落在我臉上
竟覺得有如她的柔荑
輕撫著我滄桑的臉
卻讓我的靈魂有千鈞之重

走入歷史的小徑裡，滄桑的世道上，懷念千年前的紅顏，洛水女神啊！瀟湘飄雨的夜裡，小舟上的我懷著千古的悲去哀弔也許是神話，也許是歷史的憂愁，總之除了船家無感的表情外，那種中年男子風霜無比的臉上竟然有淚泫然，拿起瓶中的酒，買醉吧！醉在歲月的倥傯裡，醉在歷史的無情撥弄裡，更醉在甄宓惆悵的眼眸中。

金絲枕頭何在（註1）？已在歷史的灰燼裡湮滅了，但餘香猶存，可以夢那位千古悲愴的紅顏，再把酒一斛，讓歷史之河倒流，回到那群雄並起，官渡之戰前的歲月，甄宓雲英未嫁時。

把櫓的船家把小舟停在竹林深處的岸邊，月光下天地如銀，不知名的莊稼是高粱田嗎？一陣風起，也許是千軍萬馬奔騰而來，歷史真的能重演昔日的風貌吧，所謂三軍可以奪帥，匹夫不可奪其志的豪情重臨了。

跌坐在田埂旁，我再度把酒問青天，讓我的夢繼續吧！

南柯一夢終於醒了，我睡在一張竹床上，全身疼痛不已，打量周遭一個很雅緻的居處，是一個農家，一個布置典雅的農居，應該是耕讀人家。

突然一股菜飯香飄過來。

「你醒了？先去梳洗一下，拿我哥哥的衣服先穿一下，洗好出來吃晚飯，對了，你吳庚是嗎？我看了你的台胞證！」

一個聲音很悅耳的女性，不知她多大年紀？

一桌三四碗菜餚，三樣蔬菜，一盤白斬雞，可口味美！

但美食之外，尚有美麗的女主人，很普通的衣著，但穿在她的身上就覺得很高雅，當然人的因素占絕大比例。

「我姓孫叫芙蓉，大家叫我小芙，我一個人住，哥哥到洛陽工作。你可以自在一點！」

見我狼吞虎嚥的吃飯，她就繼續說：「你一定奇怪，一個女人單獨住在鄉下僻野，我家有一片果園，由哥哥跟我經營，但他受不了此種生活，跑到城裡去教武術，家學淵源，我也懂一些，三五個人還近不了我的身，在洛陽讀大學時，我還是女子武術社的教練，果園山上也有野獸，必須學武防身！對了，你可以喝一杯我們家傳的藥酒，對驅風療傷頗有效的。」

飯後她泡了一壺茶，問我怎麼一個人到這荒山野地的？

我也說不清楚，只能告訴她，我僱小船獨自沿著洛水來尋幽攬勝，喝了一些酒，迷失了方向，不知覺睡在田埂上，我隱去了追懷甄宓的過程。

她很吃驚的說：「你獨自走了幾十華里了，這裡已是山腳下了，周圍幾十華里方圓是沒有人煙的。」

我跟小芙說：「我是自助旅遊的，所以短時間沒有人會牽掛，但船家會擔心的，我已經付了船錢，只是怕他們會擔心我的安危。」

小芙說：「沒關係，明天我去關照一下，說你是我的客人，也是我的遠親，請他先回去！」

小芙不待我的同意，第二天一早就出發，下午回來時，小貨運車上有幾簍水果，及一些野味，如山雞、野兔等獵物。

她誇耀的說：「你看我今天收穫不錯吧！船家已告訴他了，你可以在此調養一下，等好再走吧！」

她突然大叫一聲：「遭了，忘記拿你的行李了。」

「沒有關係，證件及錢都在身上，啊！機票在旅行袋裡，不過沒事，到機場可申請補發的。」

「你的替換衣服，我到鎮裡時，替代購一些。現在暫時用我哥的，內衣褲有新的，他沒用過，就將就幾天吧。」

小芙在大學是讀歷史的，要不是找不到人代管理祖先留下的果園，她會在洛陽教教書，結果被他哥捷足先登，先到都市謀生了。

幾天的相處下來，發現小芙對古文、詩詞涉獵頗專精，見解也非凡，讓人有與君一席話勝讀十年書的感覺。

一週過去了，身體外部的擦傷逐漸好了，但內傷浮現出來了。

小芙說：「你現在年輕，但內傷一定要澈底醫好，不可輕忽，否則到年紀大就難好了！」

於是她說，最快要休養一個月。

我開玩笑的說：「我很想待上一年！但我的錢帶不夠，做果園長工可以嗎？」

「算了吧！到時你不要後悔，果園的工作很累的，養你一年半載，我還負擔得起。」

外傷好了之後，每天除服用小芙煎的水藥外，無所事事，等她到果園工作時，我幫忙打掃，或到雞場裡去餵一些雞飼料，小芙養的雞隻不少，約百來隻，我到這休養了十幾天，每天她都會殺一隻替我進補，雞隻數量減少是正常的事，但我對數字特別敏感，發現雞隻減少的數量超乎常理。

雞場裡有時會有些血腥味瀰漫，我想附近一定有黃鼠狼及野貛子來偷雞。

我把看法告訴了小芙。

她不經意的回應：「天生萬物以養人，人無一物以報天，隨牠去吧，牠們也吃不了多少！」

我不覺得詫異，反而認為她的思想超俗。

我們的話題自然轉到這些小獵手身上。

分析比較了它們的特性，我自然脫口而出，狐狸也會來偷雞的，我講完話，不輕意的看她在鏡子發映的臉一片陰霾，有些不快，不過我沒有特別在意。

到了晚上，小芙說：「今天是你到這裡已經半個月了，我特別準備了一些酒菜，慶祝我們的相識。」

今晚的菜肴十分豐富，不知小芙怎麼準備的，桌上放的酒也不是藥酒。她說：「今天日子特別，所以換上女兒紅，酒味十分香醇，你真好命，已經珍藏了二十年。」

果然入口便覺酒味非凡，喝了幾杯後，便覺身體泛起一陣躁熱，有股奇特的衝動，我伸手捉起小芙的手，小芙趁勢倒在我懷中，便覺得此刻就彷彿置身在天堂。

翌晨醒來，小芙已作好早飯，對我笑著說：「相公，請用餐了。」席間她白了我一眼：「昨天晚上你像一匹餓了很久的狼，嚇死人了！」

早飯後，天空突然打雷，下起滂沱大雨，這時小芙像個嬌弱的小女子躲在我懷中，她說今天很累，要休息一天，不到果園去工作，況且昨夜被你欺侮得太激烈了，我連忙向她賠不是。

突然她拉起我的手，走到內室，抱住我抽泣的說：「不要辜負我！」

接著……

連續的歡樂，不知不覺過了一個月。

一天早上醒來，我突然聽到戶外有一群狗在狂吠，我趕到戶外，只見不知何處跑來的十幾隻狗聚集在屋外，對著屋子不斷的叫，但不敢闖進來，我忙叫小芙，卻遍尋不見她。

當我拿起土造獵槍走到門口，對空轟了幾聲，一群狗各自跑走了。

就在這當兒，小芙突然出現擁抱我：有你真好，不知那裡來的野狗，會不會追黃鼠狼，快到雞舍去看看。

果然雞塲裡有幾隻雞，血肉模糊倒在那裡，我正要去檢查是被什麼動物咬傷時，小芙連忙阻擋，別去看，很髒很亂，等一下我去處理！

我突然瞥見小芙的嘴角有塊血跡。

關心的去用手替她擦一擦，她很奇怪也很驚覺推開我：「幹什麼？」

我被突如其來的舉動嚇了一跳！

小芙連忙向我道歉：「對不起！我還沒有從剛才的驚慌中回神過來！有嚇到你嗎？」

於是她錯開話題，把我當初來尋幽的宗旨拉回來，她是學歷史的，對甄宓的始末很瞭解！如數家珍的對我一一道來，甄宓原為幽州刺史袁熙之妻，袁紹兵敗，被曹丕所收，因涉及曹操及曹植均為其美色所惑，故有甄宓美色惑三曹的傳聞，甄宓死後，曹子健過洛水，夢甄妃，乃作〈洛神賦〉，一時傳誦，名重士林。

對小芙的通曉文史，我是頗為欽佩的，所以也把我寫記甄宓的新詩〈花顏醒〉，重抄一遍送給了小芙，她看了十分感動，但對詩中的等待了一甲子，有所質疑，我解釋是一種形容詞，意為等待了許久許久的歲月。

她說被我詩中的深情挑動，於是問了一個奇怪的問題：「設若甄宓今世現身，翩然而來，你會如應對？」

我毫不猶疑道：「她現世出現，若不為仙，即是鬼狐一類，無論是仙道或為靈界，得我心者，必傾心相守。」

小芙驀然面色一整道：「若我為非人類，你會如何待我？」

我忙說：「若非妳相救，我生死未卜，妳無論為鬼為狐，我均以情人待之，並終生相守。」

小芙聽了我的剖白，於是說：「你我相遇均是有因緣的，船家也是我們狐道中人，我已修練千年，因傾心於你要歷三劫，前次雷擊因你而解，群狗來襲亦因你而解，尚有一劫，不知何時會來。」

於是小芙交給我一塊翡翠的玉牌，說是她的本命符，叫我帶在身邊，一定不能遺失，否則她的魂魄不能歸位，她自己會到台灣跟我見面。

我懷著興奮也期待的心情，等待一位紅顏從狐界歸來與我相會。

註1：甄宓死後第二年，魏帝曹丕召其弟曹植，贈其甄妃的遺物，香絲枕頭，子健歸封地，船過洛水，懷香枕而眠，遂夢甄宓，夢醒寫〈洛神賦〉記之。

國家圖書館出版品預行編目資料

魅幻人間／孫吳也著. --初版.--高雄市：孫吳，2019.3
面； 公分
ISBN 978-957-43-6338-4（平裝）

857.63 108001411

魅幻人間

作　　者　孫吳也
發 行 人　孫國祥
出　　版　孫吳
807高雄市三民區民族一路80號34樓之一
電話：（07）392-9983
傳真：（07）392-7983
設計編印　白象文化事業有限公司
專案主編：林榮威　經紀人：張輝潭
經銷代理　白象文化事業有限公司
412台中市大里區科技路1號8樓之2（台中軟體園區）
出版專線：（04）2496-5995　傳真：（04）2496-9901
401台中市東區和平街228巷44號（經銷部）
購書專線：（04）2220-8589　傳真：（04）2220-8505
印　　刷　慶三堂印刷廠有限公司
初版一刷　2019年3月
定　　價　250元

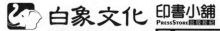